ENQUÊTE À L'ACROPOLE

Sylvie de Mathuisieulx

LAROUSSE

Pour Daniel F. et Lucas H.,
avec toute ma reconnaissance
pour leurs précieuses lumières.

Avec

SECRETS d'HISTOIRE Junior

l'Histoire devient vivante et passionnante :

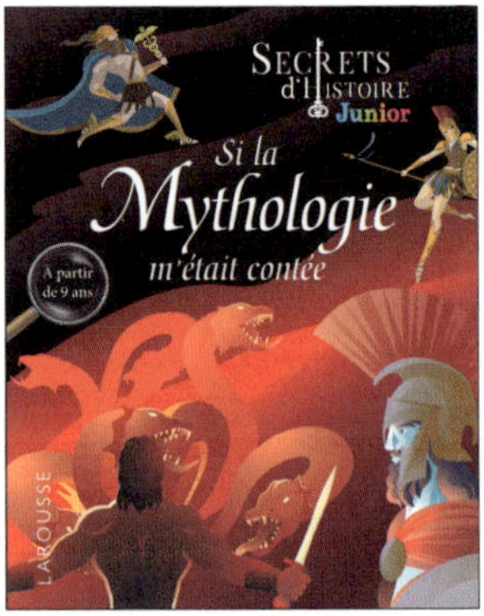

et d'autres titres à découvrir !

TABLE DES MATIÈRES

Les personnages de cette histoire

Lugos, esclave de Jason, son nom est construit à partir de celui du principal dieu celte : Lug, le lumineux.

Jason, fils de Léonce, il porte le nom d'un héros : celui qui conquit la toison d'or…

Léonce, père de Jason, son nom signifie : *le lion.*

Astréa, ce nom est dérivé d'Asèrodéia, qui signifie : *chemin des étoiles.*

Ambre, ce nom est dérivé d'Ambrosia, qui signifie : *immortelle.*

L'École d'Athènes – Raphaël. Ph. Coll. Archives Larousse

PROLOGUE

LA PAROLE EST MAGIQUE

Il est assis dans un jardin, sur un banc de pierre, à l'ombre d'un bel arbre, entouré de fleurs au parfum délicieux. Il entend des oiseaux chanter, mais aussi, un peu étouffés, les bruits de la cité d'Athènes où chacun vaque à ses occupations. On achète de l'huile d'olive ou du fromage de chèvre sur le marché de l'agora, les potiers fabriquent des amphores, les prêtres et les prêtresses communiquent avec les dieux, les maîtres éduquent les futurs citoyens, des femmes vont chercher de l'eau à la fontaine, des orateurs, ici et là, défendent en plein air leur point de vue sur un sujet politique. Des petits enfants, pieds nus, courent partout dans les rues.

Il ferme les yeux et sourit, profitant pleinement de l'instant.

Son corps est parfaitement immobile, mais des idées cheminent et dansent dans sa tête. Il a toujours adoré ces moments où elles éclosent, se déroulent, se ramifient ou s'entortillent. Comme un végétal qui pousserait à toute allure.

Soudain, ses yeux sont attirés par des fourmis qui s'agitent à ses pieds, en colonne organisée. Une fois de plus, il se dit que les bêtes, sans aucun doute, peuvent communiquer. Elles se transmettent des informations utiles à leur existence. Mais seul le langage humain permet la pensée la plus fine, l'échange d'idées les plus complexes qui soient.

Puisque l'homme, cet animal qui parle, veut qu'on lui parle en retour. Les échanges nourrissent l'esprit, et font naître l'affection. Discuter permet à la pensée d'avancer. Partager ses doutes permet de les surmonter.

Le bébé a besoin que ses parents lui apprennent le nom de toutes choses.
L'enfant pose des questions afin de comprendre le monde qui l'entoure, d'y trouver une place, et plus tard, d'imaginer l'avenir.
Celui ou celle qui veut déclarer son amour écrit des messages ou invente des poèmes.
Dans la force de l'âge, chacun poursuit et mène, jour après jour, sa vie dans la communauté, riche d'échanges d'opinions et occupé par de multiples décisions à prendre.
La personne âgée partage sa sagesse et ses souvenirs.
À chaque étape, l'animal humain exprime ses besoins, ses envies, ses idées et ses rêves.
De l'aube jusqu'au soir d'une vie, la recherche de la sagesse, art de la philosophie, et la rhétorique, art de la persuasion, sont intimement liées.
Car la parole est magique. Elle permet à qui sait la maîtriser d'arriver à ses fins. Celui qui sait inspirer confiance à ceux qui l'écoute, qui sait présenter

une démonstration logique, mais aussi faire venir le sourire ou les larmes, provoquer la peur, la colère ou l'amitié, celui-là obtiendra ce qu'il souhaite… Mais pour le bien de tous, on ne se laissera pas corrompre par de mauvaises intentions ! On prendra soin de rester dans ce qui est bon, ce qui est juste, ce qui est vrai. Alors, la parole sera véritablement magique.

Homme, femme, citoyen ou esclave, elle vous permettra de persuader tous ceux qui sont dans l'aveuglement ou l'erreur.

Toujours assis sur son banc, il sourit. Levant les yeux vers le soleil, il constate qu'il est déjà haut dans le ciel. De brillants citoyens athéniens l'attendent impatiemment. Il a hâte de les retrouver, et de partager toutes ces idées avec eux.

Aristote se lève et se dirige, d'un pas tranquille, vers ses disciples. C'est l'heure. Sa leçon va commencer.

CHAPITRE 1

UN CADEAU INATTENDU

— Si j'étais toi, je me débarrasserais de ça tout de suite !

Lugos a posé sa main sur celle de son maître d'un geste vif, l'empêchant de la porter à sa bouche. Interloqué, le jeune Athénien le dévisage, sourcils froncés.

— Mais enfin, qu'est-ce qui te prend ?

L'esclave saisit alors entre son pouce et son index la belle petite galette de millet au miel que Jason s'apprêtait à déguster. Il l'agite un peu, au bout de son bras tendu, tout en expliquant :

— J'ai bien peur que cette… euh… chose… soit vraiment très mauvaise pour ta santé.

Il a à peine le temps de finir sa phrase : un gros oiseau noir, qui observait la scène depuis la branche d'un arbre, à quelques mètres de là, pique soudain vers lui pour lui arracher, au vol, la friandise des doigts ! Après quoi, le gredin se pose un peu plus loin, sur une pierre plate. Il lève fièrement la tête, comme pour narguer ces stupides humains, puis entreprend de picorer son butin. Dès que d'autres volatiles tentent de se joindre à lui, il les décourage avec férocité, secouant la tête, battant des ailes, lançant des croassements rauques et menaçants.

Les deux jeunes gens le regardent un long moment, amusés. Jason finit par hausser les épaules.

— Eh bien, voilà, bravo, grâce à toi, c'est cet idiot de corbeau qui profite de mon…

Le garçon s'interrompt, soudain bouche bée, car l'oiseau s'est mis à chanceler. Il sautille vaguement pour tenter de retrouver son équilibre, sursaute une dernière fois puis tombe sur le côté, les pattes recroquevillées sur son ventre, parfaitement immobile.

Jason, les yeux ronds, se tourne vers Lugos.

— Il est mort ?!

— Oui.

— Tu crois que la galette était empoisonnée ?

— Oui.

— C'est pour ça que tu ne voulais pas que je la mange ?

— Oui.

— Mais par Zeus, qu'est-ce qui te fait penser cela ?

L'esclave soupire, frottant soigneusement ses doigts sur le tissu de son chiton[1] pour les débarrasser des dernières miettes qui pourraient s'y trouver collées :

— Écoute, c'est difficile à dire… En fait, j'ai trouvé assez étrange cette petite fille qui nous attendait, tout à l'heure, devant la boutique de parfum de l'agora. J'ai trouvé plutôt étonnant qu'elle te demande si tu étais bien Jason, le fils unique du

---

1. Un chiton – il faut prononcer *kitone* – est une tunique formée de deux rectangles de tissu attachés au niveau des épaules avec des épingles, resserrée à la taille par une ceinture.

citoyen Léonce ! Qu'elle t'offre ensuite, de la part de sa maîtresse, ce cadeau si bien enveloppé dans un petit carré de linge... Enfin, j'ai trouvé franchement bizarre la façon dont elle s'est ensuite sauvée en te recommandant de ne surtout partager ce présent d'amour avec personne d'autre, de le manger tout de suite !

Il fronce le nez en hochant la tête pour continuer :

— Crois-moi, je savais que tu courais un grand danger.

Jason secoue ses boucles brunes, un demi-sourire aux lèvres, puis, il lève les bras au ciel, comme pour prendre à témoin tous les dieux de l'Olympe.

— C'est gentil, mais mon pauvre ami, je crois que tu as complètement perdu l'esprit ! Je n'ai aucun ennemi ! Qui donc pourrait bien vouloir m'empoisonner ?

— Eh bien, il semblerait que...

— Tsss, tssss, rien du tout. Il me semble, à moi, que ce gros vieux corbeau avait atteint la fin de sa vie, tout simplement. Il est mort de vieillesse. Ou bien, tiens, par la faute de sa gourmandise ! Son estomac a… boum ! Explosé !

— Mais…

— Et quelque part, une pauvre jeune fille, folle de moi, ne saura jamais que je n'ai pas pu déguster la merveilleuse douceur qu'elle m'avait si discrètement fait porter.

— Hum.

— Ce précieux gage d'amour, gâché.

— Hum.

— Tu comprends ?

— Hum-hum…

Les deux jeunes gens restent un instant silencieux, mais Jason ne résiste pas à l'envie de taquiner un peu son serviteur.

— Vous autres, Celtes, avez l'habitude de vous fier à vos intuitions, n'est-ce pas ?

— C'est vrai. Mes parents m'ont expliqué, quand j'étais enfant, que les dieux nous envoient sans cesse des messages. Il ne tient qu'à nous de savoir les reconnaître et les interpréter. Voilà pourquoi j'ai appris à observer les choses et les gens, et, surtout, à tirer des conclusions de ces observations…

— Et tu ne te trompes jamais ?

Le ton de Jason est toujours un peu moqueur. Lugos concède, les yeux maintenant baissés :

— Si, bien sûr. Je n'ai pas su démasquer les pirates qui m'ont fait croire que j'allais rejoindre un équipage de marins. Qui m'ont enlevé et séquestré. Qui m'ont vendu comme esclave à ton père voici trois mois…

À ces mots, Jason s'est approché de lui. Il pose sa main sur son épaule dans un geste plein d'affection pour affirmer :

— Tu sais, tu aurais pu tomber beaucoup plus mal. Tu es bien traité, à la maison. Et puis, nous nous entendons plutôt bien, non ? La vérité, c'est même que je t'aime comme le grand frère que je n'ai jamais eu. Tu sais quoi ? Notre vie serait vraiment merveilleuse… et même absolument parfaite si ma pauvre mère n'était pas morte.

Le jeune garçon n'imagine pas un instant combien Lugos souffre d'avoir perdu sa liberté, mais, dans le fond, il n'a pas tout à fait tort. Léonce est l'un des plus riches citoyens d'Athènes. Il possède, à l'extérieur de la ville, un beau domaine sur lequel poussent des vignes, des oliviers et du blé. Depuis le décès de sa femme, il vit seul avec sa vieille mère impotente, son fils et sept esclaves dans une grande et belle maison comportant un étage. Comme c'est l'usage dans les habitations cossues, toutes les pièces du rez-de-chaussée donnent sur une belle et grande cour intérieure. On y trouve quelques plantes, un espace réservé aux femmes qui souhaitent se livrer à des travaux de cuisine, de tissage ou de couture, une citerne permettant de récupérer l'eau de pluie et un autel dédié à Zeus.

Ambre, l'épouse de Léonce, a malheureusement succombé à une mauvaise fièvre au cours du dernier hiver, mais leur fils unique en est certainement bien plus affecté que lui. Le jeune garçon garde de si beaux souvenirs des années au cours desquelles sa mère l'a élevé elle-même, dans le gynécée[1] où il a grandi jusqu'à son septième anniversaire... À présent, il a treize ans. Selon les règles applicables dans la cité, il vient de passer officiellement à l'âge adulte, en offrant ses jouets au dieu Apollon et à la déesse Artémis.

Lugos est le premier à se ressaisir.

— Dis donc... si nous ne nous dépêchons pas, tu vas rater le début de la leçon, cet après-midi. Ce serait dommage, tu as tellement de chance de pouvoir y assister !

Jason fait la grimace.

— Pfff, en vérité, cela m'est bien égal d'être en retard ! Si ça ne tenait qu'à moi, je n'irais pas du tout.

1. Partie de la demeure réservée aux femmes.

Je ne comprends pas la moitié de ce que raconte cette vieille barbe d'Aristote…

Lugos sursaute à cette insolence : le célèbre philosophe, originaire de Stagire[2], ne mérite-t-il pas le plus grand respect ? Il a été le précepteur de celui vers qui tous les regards du monde grec sont tournés : le grand Alexandre[3], fougueux roi de Macédoine, qui a décidé de repousser toujours plus loin les frontières de son empire.

Il faut pourtant avouer que les leçons du maître ne sont pas toujours faciles à suivre. Selon son humeur, il peut aborder n'importe quel sujet pouvant intéresser un citoyen bien éduqué… pourvu qu'il soit passionné par la recherche du savoir, l'interrogation sur le monde et les sciences ! Aristote parlera en effet tout aussi bien de questions de biologie que de mathématiques ou de physique,

---

2. Cité macédonienne.

3. … qu'on appellera d'ailleurs plus tard *Alexandre le Grand*.

de poétique que de politique… même si ses matières préférées restent la recherche de la sagesse, que l'on appelle la philosophie, et, plus encore, la rhétorique, c'est-à-dire l'art de convaincre.

Parfois, Jason préférerait qu'on parle de choses moins sérieuses. Ou même, qu'on ne parle pas du tout, et qu'on le laisse rêvasser tranquille. Il poursuit, tout en se grattant le bout du nez :

— Ce n'est pas que je m'en fiche, de ce qu'il nous enseigne, mais enfin, j'ai souvent bien du mal à empêcher mon esprit de vagabonder…

— Tu devrais essayer de te concentrer ! Ton père n'a-t-il pas payé une fortune pour que, malgré ton jeune âge, tu puisses…

— Oui, je sais ! Mon pauvre père, si occupé par ses affaires, celles de ses amis, celles de la cité ! Il n'a pas le temps de se rendre lui-même au Lycée, alors il m'envoie à sa place et me demande, chaque soir, de lui rapporter tout ce que j'ai appris… Heureusement que tu m'aides toujours, sur le chemin du retour à la maison, à préparer quelque chose d'intelligent à lui dire !

Le jeune garçon hausse les épaules et son visage affiche un air boudeur. Son esclave, lui, sourit. Il ne perd pour sa part pas une miette des enseignements du philosophe, et il en discute le soir, quand tout le monde s'est endormi, avec la jeune esclave étrusque dont il est amoureux.

Lugos poursuit :

— Ne sois pas trop dur avec Léonce… Et surtout, dis-toi bien que nombreux sont ceux qui aimeraient pouvoir entendre les leçons d'un homme aussi exceptionnel qu'Aristote… Tu sais quoi ? Je te parie qu'on parlera encore de lui dans des dizaines, peut-être même des centaines d'années !

Mais Jason n'est pas convaincu. Il grogne :

— Pfff, il n'est même pas citoyen d'Athènes ! Savais-tu qu'il est obligé de louer l'endroit où il enseigne, parce que, en tant que métèque, il n'a pas le droit d'avoir une propriété ?

— Non… je ne le savais pas… mais après tout, cela est-il si important ? C'est un homme très sage ! Il apporte des savoirs fort utiles à tous les gens qui ont envie de réfléchir !

— Pour ça, tu as raison…

— Ah, tu vois ?!

Le jeune garçon se met alors à rire.

— N'empêche, il est drôle…

C'est vrai, le maître n'est pas très impressionnant à voir : petit et plutôt trapu, monté sur des jambes toutes maigres, il a le crâne dégarni. Il porte court les cheveux qui lui restent, tout comme sa barbe, et ses petits yeux semblent avoir été enfoncés dans leur orbite. Sans doute pour faire oublier ce physique assez peu avantageux, il adore arborer des tenues colorées et des bijoux de prix. Il a fondé, il y a quelques années, dans la cité d'Athènes, une école appelée Lycée, dans laquelle il dispense des cours à ses disciples. Selon son inspiration, il peut le faire à l'intérieur du bâtiment ou bien en se promenant avec eux dans le beau jardin qui l'entoure.

Le jeune Athénien continue de ronchonner. Son pédagogue[1], quant à lui, trépigne maintenant d'impatience, même s'il ne doit pas trop le montrer. Ils ont quitté la maison peu après le repas de midi. Comme presque chaque jour, ils ont fait un détour pour effectuer quelques achats sur la grande place située au cœur de la cité. Aujourd'hui, ils se sont arrêtés à la boutique de parfums.

Léonce est un homme très pieux. Il se rend régulièrement dans les temples de l'Acropole pour prier et verser des essences aromatiques sur les statues qui représentent les dieux : Athéna, bien sûr, mais aussi Déméter, Perséphone ou Dionysos[2].

---

1. Esclave chargé d'accompagner son jeune maître à l'école.

2. Athéna est la déesse de la sagesse, de la guerre et de la justice, Déméter, celle des moissons, Perséphone, celle du retour de la végétation, et Dionysos, le dieu du vin.

Il charge souvent son fils d'en acheter pour lui, mais tous les esclaves de la maison savent bien que la moitié des flacons est en réalité destinée à ses nombreuses amies.

Lorsque Jason et Lugos arrivent enfin, ils rejoignent le petit groupe rassemblé autour du professeur. Ce sont essentiellement des hommes, mais quelques femmes se sont mêlées à eux. Aucune d'elles n'est mariée : il s'agit surtout d'artistes et de courtisanes, libres de leurs mouvements.

Sans même essayer de s'intéresser au discours du maître, l'esprit de Jason se met très vite à papillonner. Il se demande toujours qui a bien pu lui faire porter la fameuse galette au miel. Jusqu'ici, il ne s'est pas tellement intéressé aux demoiselles, mais il est si flatté que l'une d'elles soit aussi éprise de lui… N'a-t-elle pas hésité à braver, par amour, toutes les règles de la bienséance ? Ce doit vraiment être une jeune fille… intéressante !

Il faudra à tout prix la retrouver ! Mais comment faire ? Sa petite messagère avait un visage et une allure tout à fait quelconques : c'était une gamine de six ou sept ans, vêtue pauvrement, aux cheveux en bataille, comme on en voit tant dans les rues de la cité… mais il y a au moins un indice qui sera bien utile pour la retrouver, dans la foule qui grouille chaque jour aux alentours du marché d'Athènes ! Elle portait en effet un fil de laine pourpre, comme un bracelet, autour de son petit poignet.

Jason lève les yeux vers son esclave. Celui-ci semble avoir complètement oublié le monde autour de lui. Immobile, les yeux fixés sur l'orateur, un demi-sourire aux lèvres, il boit les paroles d'Aristote.

— Lug, écoute, quand la leçon sera terminée, nous ne rentrerons pas tout de suite : je veux que nous retournions à…

— Chut !

Le jeune Athénien sourit. Il ne rapportera pas cet écart de conduite à son père, qui ne manquerait pas de châtier l'impertinent esclave. L'esprit joyeux, des fourmis dans les jambes, il se voit déjà arpentant, l'œil aux aguets, les rues étroites et sinueuses du centre de la cité. C'est sûrement là qu'il a le plus de chances de retrouver l'enfant qui lui a apporté, en début d'après-midi, ce cadeau inattendu. Elle vit sans doute dans l'une des maisonnettes de briques, de torchis ou de bois qui s'entassent autour de la grande place, abritant des familles nombreuses sur une surface minuscule.

CHAPITRE 2

Couleur pourpre de Tyr

Après avoir quitté le Lycée d'Aristote, Jason et Lugos filent comme le vent vers l'agora : la place principale d'Athènes, toujours pleine de monde, qui accueille le marché. En cette fin d'après-midi, la plupart des commerçants se sont retirés. Les étals ont été rangés, mais des petits groupes, ici et là, discutent avec animation. Jason reconnaît au passage l'un ou l'autre des amis de son père : Chrysis, exploitant des mines d'argent situées au sud de la cité, Hippolyte, éleveur de chevaux, ou bien encore Nestor, prêtre d'Apollon. Mais aucun de ces hommes ne prête la moindre attention au jeune garçon ni à son esclave.

Ceux-ci peuvent donc tranquillement et sans éveiller les soupçons de quiconque commencer leur enquête. Ils se concentrent sur les petites silhouettes des quelques gamins livrés à eux-mêmes qui jouent dans les parages. Ils sont tous enfants d'esclaves, de métèques[1], ou d'Athéniens de condition très modeste et trop jeunes pour travailler. Les fils de bonne famille n'ont pas le temps de traîner dans les rues. Dès l'âge de sept ou huit ans, ils vont chez le grammatiste, un précepteur qui leur apprend à lire, écrire et compter. Celui-ci leur donne aussi les bases de culture générale qui leur permettront, à partir de douze ou treize ans, de suivre les cours de l'une des écoles ouvertes par un érudit dans la cité. Les filles, de leur côté, sont éduquées au gynécée, où elles demeurent, avec leur mère et toutes les autres femmes de la maison, jusqu'au jour de leur mariage.

---

1. Un métèque habitait une cité grecque dont il n'était pas originaire. Il n'avait pas de droits politiques mais participait à la vie culturelle de la cité et à sa défense.

On voit pourtant, ici et là, passer des dames et des demoiselles, amphore sur l'épaule. Elles vont à la fontaine ou bien en reviennent. À vrai dire, dans la société athénienne, cette activité est l'une des rares qui permettent à une épouse ou à une fille de citoyen de quitter pour un moment la maison où elles vivent : c'est aussi pour elles l'occasion de se retrouver un peu entre amies. Les hommes, sauf s'ils sont esclaves, profitent quant à eux d'une liberté de mouvement totale. Ils vont et viennent comme ils l'entendent, sortent à leur guise pour se rendre chez des amis, aux temples, au marché, aux bains, au théâtre…

Après avoir fait le tour de la place, Jason et Lugos poussent jusqu'à l'Acropole, la colline-forteresse sur laquelle se dressent fièrement les colonnes des plus beaux temples de la cité. Plusieurs sont dédiés à Athéna, déesse patronne de la cité, mais on y trouve aussi les sanctuaires de Zeus[2], Poséidon, Artémis

2. Zeus est le chef des dieux de l'Olympe, Poséidon est le dieu de la mer et Artémis la déesse de la chasse.

et bien d'autres divinités encore. Ils longent les bâtiments, montent et descendent d'innombrables marches, se tordent le cou pour regarder partout… sans trouver la moindre trace de la petite fille.

Au retour, ils traversent le quartier du Céramique, où des centaines de potiers fabriquent des plats, des amphores et toutes sortes d'autres récipients, souvent décorés de silhouettes noires ou rouges sur fond noir.

Alors qu'ils reprennent le chemin de la maison, Lugos affirme, pour consoler Jason, qui affiche un air piteux :

— Le brin de laine rouge que la fillette porte en bracelet est notre meilleur indice. Nous devrions peut-être aller au bord de la mer. Il paraît que, non loin du port du Pirée, un citoyen a décidé de se lancer dans la fabrication d'un colorant pour les tissus… un rouge profond, de grande qualité, en tous points identique à la pourpre de Tyr ! Il aurait appris le procédé secret à mettre en œuvre dans ses moindres détails, on ne sait trop où… en tout cas, Fastia m'a dit que depuis quelques jours, il emploie plus d'une centaine de personnes à la pêche d'escargots murex !

Jason éclate de rire.

— Et alors ? Ma petite messagère ne s'y trouve certainement pas ! Tout le monde sait que le mucus de ces coquillages, récolté et traité, pue si épouvantablement qu'on sent venir de loin tous ceux qui travaillent à ces tâches ! Or la petite ne sentait pas si mauvais… et de toute façon, elle est trop jeune pour avoir été recrutée !

L'esclave soupire. Son maître ne réfléchit pas toujours avant de parler. Lugos fait pourtant, comme à son habitude, preuve de patience. Il poursuit :

— Elle n'y travaille peut-être pas elle-même, mais peut-être ses parents s'y trouvent-ils ? Et si ses parents s'y trouvent, peut-être est-elle dans le secteur… Je te rappelle que nous n'avons pas tellement d'autres pistes.

Jason sourit maintenant de toutes ses dents. Il frappe trois fois dans ses mains et s'exclame :

— Mon très cher Lugos, tu as finalement raison, comme toujours ! Nous devons maintenant nous dépêcher de rentrer chez nous, mais dès demain matin, nous prendrons mon cheval pour nous rendre sur place. Oh oui ! Cela vaut vraiment la peine d'essayer !

Emporté par son élan, le jeune Athénien pose sa main sur son cœur et annonce, d'un ton solennel :

— Écoute-moi bien : si tu m'aides à trouver la fille qui rêve de moi, tu ne le regretteras pas. Je ferai… tout ce que tu me demanderas !

L'esclave, profondément touché par ces paroles, reste pourtant silencieux. Il ne peut bien sûr pas demander à son jeune maître la seule chose qu'il voudrait vraiment : la liberté de retourner dans son pays. Il aimerait tant quitter Athènes, en compagnie de Fastia ! Il rêve souvent qu'il s'en va avec elle, vers le couchant, traversant les montagnes, longeant les rivières pour revenir dans le pays où il a grandi ! Là, il essayerait de retrouver quelques membres de sa famille, pour s'installer non loin d'eux avec celle qui serait devenue sa femme. Ils pourraient sans doute vivre heureux. Travailler la terre pour leur propre compte. Avoir des enfants. Mais ce rêve est impossible.

En arrivant à la maison, Jason court retrouver Léonce. Celui-ci, d'excellente humeur, l'accueille avec joie.

— Eh bien, te voici enfin ?! J'espère que tu as bien pensé à la commission dont je t'ai chargé !

— Je ne l'ai pas oubliée, tu penses. Et Lugos a déjà fait déposer les flacons que nous avons achetés dans tes appartements. Il n'y avait plus de myrrhe, mais j'ai pu trouver toutes les autres fragrances de ta liste : menthe, marjolaine, cannelle et fleur d'amandier !

— Parfait.

Contrairement à son habitude, il ne lui pose pas la moindre question sur le contenu de la leçon donnée par Aristote. C'est une chance, parce que, cette fois, le jeune garçon serait bien en peine de satisfaire sa curiosité.

Depuis toujours, le père de Jason aime recevoir, régaler ses hôtes de vrais festins, leur faire servir les meilleurs vins, leur offrir de beaux spectacles. Il est donc en retour souvent invité à des festivités diverses. Ce soir, il est convié chez Delphis, l'un de ses plus vieux amis, qui donne une grande fête pour la naissance de son premier enfant, un garçon. Comme le veut la coutume, seuls des hommes sont invités : les banquets ne sont, à Athènes, pas l'affaire des femmes. Les règles de la bienséance veulent une fois de plus qu'elles restent à la maison, en compagnie de leurs servantes, de leurs filles à marier et de leurs fils âgés de moins de sept ans.

Depuis peu, le jeune garçon peut assister aux événements qui agrémentent régulièrement l'existence de Léonce. Lugos aide son maître à se préparer pour la fête. Il lui demande, tout en fixant son vêtement :

— Qu'allez-vous manger ?

Le régime alimentaire des Athéniens est, au quotidien, assez simple et presque toujours accommodé à l'huile d'olive. Il se compose essentiellement de céréales[1], de légumes[2], de poissons frais ou en conserve[3], de fromages et de fruits[4]… On boit surtout de l'eau, du lait de chèvre, de brebis, de vache, ou encore du vin allongé d'eau. Évidemment, lors des banquets, le menu est bien plus sophistiqué, et on s'offre assez souvent de la viande. Jason, qui se régale d'avance des réjouissances qui l'attendent, répond avec gourmandise :

— Je suppose qu'on nous servira des poules, des canards et des pigeons, puis des lièvres et des chevreaux, et enfin un énoooorme cochon rôti ! Le tout accompagné d'olives, de purées de choux,

---

1. Blé dur, épeautre, orge, millet…

2. Choux, oignons, pois, lentilles…

3. Anchois…

4. Figues, raisins, noix…

de lentilles et de fèves, et d'un pain absolument délicieux. Il y aura aussi des gâteaux de miel et de graines de sésame… Bien sûr, nous profiterons de tout cela dans la grande salle de réception, confortablement allongés sur les divans les plus moelleux qui soient !

— Tu as de la chance…

— Mais oui ! En plus, il ne s'agira pas seulement de faire un bon repas ! Nous allons rendre grâce aux dieux, chanter, et on parlera certainement aussi de politique, de philosophie ! En tout cas, ce qui est sûr…

Il s'interrompt, un peu mal à l'aise, toussote et dirige son regard vers la petite fenêtre de sa chambre.

— Ce qui est sûr… ? reprend Lugos, pour l'encourager à aller au bout de son idée.

— Ce qui est sûr, c'est que des tas de musiciennes et de danseuses belles comme le jour seront là, pour notre plaisir.

Le jeune garçon se tait à nouveau un moment, avant de conclure, l'air perplexe :

— Il paraît que certaines d'entre elles sont capables de tenir des conversations très sérieuses avec les hommes. Tu peux imaginer ça ? Des femmes qui seraient à la fois belles et intelligentes ?

Lugos sourit. Le visage de Fastia s'est immédiatement imposé à son esprit. Il commente :

— On m'a toujours dit que mon aïeule, Élantia, était ce type de femmes. Elle était prêtresse et cheffe d'un grand et riche village situé près d'une belle rivière où s'abreuvaient des loups !

Jason grommelle :

— Peut-être, et pourtant ça ne compte pas : c'était il y a trop longtemps !

— D'accord. Alors, sache que j'en ai moi-même connu un assez grand nombre, dans mon enfance !

— Ah bon… ?

— Je te raconterai, un jour. En tout cas, je suis tout à fait sûr que trouver une épouse aussi intelligente que belle est la plus merveilleuse des choses qui puissent arriver à un homme.

Jason a ouvert de grands yeux. Il dévisage maintenant son esclave comme s'il était simple d'esprit.

— Mais enfin, sa tâche est de tenir la maison et de donner des beaux garçons à son mari ! On ne lui demande rien d'autre !

— Vraiment ?

— Enfin, si elle n'a pas assez d'esclaves, elle doit elle-même filer, tisser, moudre le grain, cuisiner, chercher l'eau à la fontaine… en tout cas, elle a largement de quoi occuper sa vie !

Lugos grimace :

— Dis donc, tu t'éloignes de ce dont nous parlions ! Parle franchement : serais-tu déçu si la belle inconnue dont tu rêves… n'était pas sotte ?

Jason baisse les yeux. Ses joues, qui ont soudain rougi, ont maintenant presque la couleur du fil de laine qui ornait le poignet de la petite messagère. Il finit par bougonner :

— Mais si les femmes des citoyens se mettaient à réfléchir, si elles avaient soudain envie d'aller et de venir comme bon leur semble, de devenir citoyennes, pour participer à la vie de la cité… que deviendraient les hommes ?

CHAPITRE 3

Soir de fête

Une fois le maître de maison parti, accompagné de son fils et de l'esclave qui les servira tous deux durant la soirée, la demeure est plus calme. La vieille mère de Léonce, qui passe le plus clair de son temps occupée à tisser dans sa chambre, est allée dormir très tôt et sans même avoir envie de dîner.

Le soleil va bientôt se coucher, et les six serviteurs restés à la maison ont terminé leur travail. Comme il fait bon, ils se retrouvent dans la grande cour intérieure, installés sur des tabourets pour partager le pain et les olives qui feront leur repas du soir. Lugos et Fastia se sont assis si près l'un de l'autre que leurs bras se touchent. Leurs compagnons connaissent bien et protègent le tendre lien qui les unit. Mais il leur faut être discrets : les maîtres ne voient généralement pas d'un bon œil ce genre d'idylles, qui peut détourner leurs gens des nombreuses tâches qui leur sont attribuées.

Tout le monde, tour à tour, interroge le jeune Celte : on adore l'entendre parler de son pays et des coutumes de son peuple, si différentes de celles des Grecs.

— Est-ce que j'ai mal compris, ou bien disais-tu, l'autre fois, qu'il y a chez toi des chefs de tribus… femmes ?

— C'est vrai.

— Les chefs de tribus sont bons pour les barbares ! Tu sais qu'ici, ce sont les citoyens qui dirigent la cité, tous ensemble !

— C'est quand même plus juste, une assemblée qui se réunit une fois par semaine pour prendre toutes les décisions importantes…

— Les citoyens débattent, s'écoutent les uns les autres, et ensuite, ils votent pour décider ce qui doit être fait…

Lugos hoche la tête.

— Cette organisation est intéressante, c'est vrai.

La jeune fille qui lui a posé la première question revient à la charge.

— Mais une femme qui fait de la politique, c'est quand même incroyable…

Fastia lance alors :

— Tu oublies les Amazones ! Ce peuple de guerrières qui a vécu dans l'ancien temps ! Elles gouvernaient, elles se battaient… elles se débrouillaient bien toutes seules pour tout organiser !

Le plus âgé de l'assemblée ricane alors :

— On voit bien comment elles ont fini, tes Amazones ! Leur peuple a complètement disparu ! C'est bien la preuve que les femmes font bien mieux de rester à leur place, c'est-à-dire à la cuisine, hé-hé-hé.

La jeune Étrusque lève alors la main en signe de protestation.

— Si l'aristocratie est le système qui choisit les meilleurs pour gouverner, en fonction de leur éducation, et si on donne aux filles la même éducation qu'aux garçons, on peut tout à fait imaginer qu'une fois grandes, elles réussissent à réfléchir à l'intérêt commun aussi bien qu'eux…

Personne ne trouve rien à répondre à cela, et les esclaves de Léonce restent silencieux pendant un long moment, chacun plongé dans ses pensées.

Lorsqu'ils ont fini leur dîner, ils ne vont pas tout de suite se coucher. Ils chantent, ils dansent, se racontent tout à tour des histoires et des légendes. C'est la pleine lune, on y voit assez clair pour se passer de lampes à huile, et le bruit ne dérangera pas le sommeil de leur vieille maîtresse, dure d'oreille. Tout à la joie de profiter, simplement, de ces moments de détente, Lugos ne pense même pas à parler à son amie des péripéties de la journée.

De leur côté, après avoir quitté la maison, Jason et son père ont chevauché à bride abattue jusque chez Delphis.

À peine sont-ils arrivés que Léonce saute à terre. Une jeune femme se précipite dans ses bras grands ouverts, tandis qu'il s'exclame :

— Ma petite colombe !

Jason, médusé, descend à son tour de son magnifique cheval blanc, qu'il a absolument voulu nommer Pégase[1]. L'esclave de son père se charge de conduire les montures vers l'écurie, où une belle ration de foin les attend. Léonce sourit à sa belle.

— Comme promis, je t'ai apporté des flacons de parfum, ma douce. J'ai choisi tes senteurs préférées : cannelle, cardamome et marjolaine !

Elle doit avoir une vingtaine d'années. Elle est grande, fine, richement vêtue. Elle porte de magnifiques bijoux en argent. Ses longs cheveux

---

1. Pégase est un cheval blanc ailé, fils du dieu Poséidon.

sont arrangés avec goût : ils ont été soigneusement bouclés, puis noués, avec des rubans, en grappes sur le sommet de sa tête. Quelques mèches folles, échappées au niveau de sa nuque, volettent gracieusement, attirant le regard sur son joli cou. On ne s'aperçoit pas tout de suite qu'elle n'a que quatre doigts à sa main gauche, qu'elle garde le plus possible cachée dans les plis de son péplum[2] en soie blanche retenu par une étonnante ceinture en fils de laine pourpre torsadés.

Elle s'avance enfin vers le garçon, le fixant de ses yeux gris. Elle hausse un peu les sourcils.

— Alors, c'est toi. Ton père m'a tellement parlé de son grand fils dont il est si fier.

Jason se tourne vers Léonce, l'air interrogatif. Ce dernier explique, un sourire béat aux lèvres :

— Astréa est une amie. Une amie très chère.

---

2. Le péplum est la tunique longue et resserrée à la taille, portée par les femmes.

Et puis, ils sont rejoints par Delphis, venu les accueillir. L'homme, l'un des plus célèbres avocats d'Athènes, a répudié sa première femme, qui n'a pas pu lui donner d'enfants, pour épouser, l'an passé, la fille d'un de ses amis, tout juste âgée de quinze ans. Il est fou de joie et s'exclame, d'une voix de stentor :

— Bienvenue, mes amis, bienvenue à vous ! Félicitez-moi vite, car mon premier héritier est un petit gars robuste ! Dès qu'il a vu la lumière du jour, il s'est époumoné ! Il a ensuite goulûment tété le sein de sa mère. Les dieux m'ont envoyé le plus beau des présents et je vais le chérir de tout mon cœur ![1]

— Alors, je te félicite, mon cher ! répond Léonce en éclatant d'un grand rire.

— Moi aussi, complète Jason, à tout hasard.

— Merci ! Quel soulagement ! J'ai enfin un fils, un fils qui sera là pour assurer la continuité de

1. À la naissance d'un enfant, si le père décide qu'il mérite de vivre, il lui donne un nom et en fait un membre à part entière de la communauté des Athéniens.

la famille. Et pour s'occuper de moi dans mes vieux jours. Et il remplira encore, après ma mort, toutes les obligations religieuses qui m'assureront une vie agréable dans l'au-delà !

Jason, en entendant cela, se dit soudain que son propre père attend sans doute la même chose de lui. Il est son seul descendant : les deux autres enfants qu'avait portés Ambre – un petit garçon et une petite fille – étaient malheureusement, à leur naissance, de constitution trop fragile pour vivre. Sentant ses yeux se remplir de larmes, il chasse vite ces pensées noires. Par tous les dieux ! Il n'est pas là pour se lamenter, mais pour se réjouir !

Les invités arrivent les uns après les autres, et une belle assemblée est bientôt réunie dans la grande salle de réception. De nombreux esclaves défilent, portant des plats ou des amphores pleines de vin entre les divans sur lesquels les convives sont allongés. Puis un homme aux cheveux gris fait son apparition. S'accompagnant de sa lyre, il se lance dans la narration de l'un des épisodes les plus connus de l'odyssée d'Ulysse : celui dans lequel le roi d'Ithaque triomphe du cyclope Polyphème, l'infâme géant dont le front est orné d'un œil unique, qui le retient prisonnier, avec ses camarades, dans sa grotte. Tout le monde connaît cette histoire par cœur, mais on l'écoute toujours avec beaucoup de plaisir. Les plats et les divertissements se succèdent, la soirée avance. Soudain, profitant d'un moment de silence, Hippolyte lance une question à la cantonade :

— Imaginons qu'un homme se retrouve en pleine mer avec son père et son fils. Si son bateau chavire, lequel des deux doit-il essayer de sauver ? Je n'ai pas la réponse à cette question, mais j'offre ma plus belle fibule[1] à celui qui saura me convaincre.

Delphis applaudit à l'idée du jeu. Il a d'abord ouvert des yeux ronds, mais comme son propre père est

1. Une fibule est une épingle décorée servant à attacher un vêtement.

mort depuis longtemps, il ne se sent finalement pas trop concerné par la question.

Bientôt, tous les hommes présents argumentent à qui mieux mieux. Les uns exposent que le père est sans doute vieux, proche de sa disparition naturelle. Qu'il vaudra bien mieux sauver le fils, promesse d'avenir. D'autres estiment qu'on n'a qu'un père, qu'on lui doit la vie et le plus grand respect, que faire un nouvel enfant est une chose aisée. Le vin coule à flots, les éclats de voix se mêlent aux chants et à la musique. Jason, que cette discussion met vaguement mal à l'aise, a la tête qui tourne. De plus, il a trop mangé, et aussi trop bu : son estomac crie grâce. Il se lève difficilement de son divan pour se diriger vers Léonce. Celui-ci est occupé à déguster des grains de raisin bien mûrs qu'Astréa lui tend, un à un, du bout des doigts, avec un air gourmand.

— Père, je ne me sens pas très bien. Me donnerais-tu la permission de retourner à la maison ?

— Comment ? Tu ne t'amuses pas ?! J'amène mon fils à l'une des plus belles fêtes qu'on ait jamais organisées à Athènes, et il ne s'amuse pas ?!

— C'est que…

— Ah, tu me fais honte ! Disparais de ma vue, et vite !

La jeune femme intervient alors en souriant.

— Voyons, mon lion, il faut comprendre ton joli lionceau. Il est fatigué, il a besoin de se reposer. Laisse-le donc rentrer chez vous !

— Tu crois ? Mais tous les esclaves sont fort occupés, je ne pense pas que quelqu'un puisse le raccompagner…

— Le raccompagner ? Ha ha ha ! Tu plaisantes ! Ce grand jeune homme ne serait pas capable de faire ce ridicule bout de chemin tout seul ? Ne m'as-tu pas affirmé à maintes reprises que c'était un excellent cavalier ?

— Eh bien…

La voix de la femme se fait encore plus douce.

— Laisse-le donc partir, s'il en a envie. Et toi, tu resteras ici, tranquillement, avec moi. Jusqu'au bout de la nuit.

Léonce proteste encore vaguement, pour la forme.

— Mais les chemins ne sont pas forcément sûrs…

— Allons, allons…

S'adressant cette fois à Jason, elle murmure, d'un ton complice :

— Si j'étais toi, j'attendrais quand même encore un peu, avant de m'en aller : on ne va pas tarder à servir un vin absolument extraordinaire. Ce serait tellement dommage de rater ça… Tu pourras rentrer après !

Le jeune garçon ne l'écoute pas. Il s'éloigne la tête basse, sans demander son reste.

Une fois dehors, pourtant, l'air frais de la nuit lui fait du bien. Il se redresse, respire à pleins poumons, le regard maintenant tourné vers le ciel. L'amie de son père s'appelle Astréa, et, c'est vrai, elle est belle comme un astre. Mais il ne sait que penser à son sujet. S'adressant à son père, pourquoi a-t-elle d'abord souligné sa jeunesse, pour ensuite affirmer qu'il était assez grand pour rentrer seul ? Ses idées s'embrouillent.

Secouant la tête, il se dirige vers l'écurie. Un esclave palefrenier détache son cheval pour le lui amener en le tenant par la bride.

CHAPITRE 4

À LA PÊCHE AUX MUREX

La demeure de Delphis n'est, c'est vrai, pas très éloignée de celle de Léonce, mais sur le chemin, Pégase n'en fait qu'à sa tête. Il hume l'air de la nuit, ralentit le pas, refuse même parfois d'avancer sans aucune raison apparente.

Le jeune garçon a donc bien du mal à retourner chez lui. Quand enfin il arrive, tous les esclaves sont couchés. Comme il n'a pas le cœur de réveiller Lugos, il mène lui-même sa monture à l'écurie, puis regagne sa chambre, où il se déshabille tout seul, laissant ses beaux vêtements de fête roulés en boule par terre.

Une fois dans son lit, bien qu'il se sente épuisé, il n'arrive pas à trouver le sommeil. Il se tourne et se retourne nerveusement, les yeux grands ouverts. Quand, enfin, il s'endort, c'est pour se retrouver prisonnier d'une succession de cauchemars affreux. Redevenu tout petit garçon, il tourne en rond, perdu, sur l'agora, à la recherche de son père. Les pieds dans l'eau, le dos cassé, les doigts en sang, il soulève des pierres pour trouver des coquillages qu'il jette dans un grand sac de toile accroché à son épaule. Il tangue, au milieu de la mer démontée, dans une frêle embarcation, en compagnie de deux personnes : Astréa et Ambre. L'amie de son père essaye de toutes ses forces de le jeter à l'eau, tandis que sa mère tente de l'en empêcher en tapant sur sa tête avec une amphore pleine de vin.

Jason se réveille en sueur. Ses cheveux collent à son front. Il est aussi trempé que si la jeune femme de son rêve était arrivée à ses fins, mais sa gorge est sèche comme une poignée d'herbes brûlées par le soleil d'été.

Il se lève et noue rapidement un pagne autour de ses hanches. À la lueur de la pleine lune, il traverse sa chambre pour se diriger vers la cuisine. Alors qu'il cherche la grande cruche qu'on veille à garder toujours bien pleine, un bruit, dans la cour, le fait sursauter. Il s'approche à pas de loup de la fenêtre pour jeter un œil à l'extérieur… Tout semble calme. Soudain, il croit distinguer une silhouette féminine se glissant le long du mur, du côté des appartements de son père ! Ce n'est pas possible ! Un instant, son esprit affolé se demande s'il ne s'agit pas du fantôme de sa mère. Tout le monde sait que, lorsque les morts ne sont pas enterrés, leur âme tourmentée peut revenir hanter les vivants… Ambre a pourtant eu de fort belles funérailles ! Se pourrait-il alors que, courroucée par l'attitude de Léonce au banquet de son ami, elle soit revenue du royaume des trépassés avec l'idée de le punir ?

— Qu'est-ce que tu fais là ? Je te croyais avec ton père !

Une présence bienveillante se matérialise soudain à ses côtés : Fastia. C'est sans doute elle qui était dehors quelques instants plus tôt. Jason aime bien cette demoiselle, réservée mais toujours aimable. Léonce l'a un jour achetée, sur l'agora, après avoir été ému par son air triste et les traces bleuâtres marquant le haut de ses bras. Il a ensuite dit à qui voulait l'entendre que c'était en réalité un excellent investissement. Elle cuisine, de fait, la meilleure soupe à l'orge de toute l'Attique[1], qu'elle sert toujours accompagnée de lentilles, de pois chiches et de fèves délicatement assaisonnés.

Jason soupire.

— Il y avait trop de monde. Trop de bruit. Trop de tout. Je crois que j'ai vraiment fâché mon père,

1. L'Attique est la région dans laquelle se trouvait la cité d'Athènes, à l'époque de cette histoire.

mais je n'avais tout simplement pas la force de rester là-bas.

— Je comprends ce que tu veux dire…

Elle reste immobile et silencieuse un instant, puis va, elle aussi, se désaltérer.

— Tu devrais retourne te coucher, sinon tu seras fatigué, demain.

— Oui…

— Dors bien.

Cette fois, comme si les paroles de la jeune Étrusque avaient un pouvoir magique, il s'endort comme une masse.

Le lendemain, il saute sur ses pieds à l'aube, enfile rapidement ses habits froissés de la veille et, sans même prendre de petit déjeuner, court retrouver Lugos, occupé à balayer le sol de la grande pièce commune.

— Si nous nous dépêchons, peut-être pourrons-nous être de retour avant mon père ! s'exclame-t-il en lui attrapant le coude pour le secouer avec enthousiasme.

— Comment ça ?

— Mais enfin, tu as oublié ? Nous devons aller voir les pêcheurs de murex ! Pour retrouver la fillette au bracelet rouge ! Celle qui m'a apporté une galette au miel, hier. Ça y est ? Tu te souviens ?

L'esclave fronce le nez. Il regrette amèrement son idée de la veille. Même s'il est surtout au service du jeune maître, si sa principale tâche est de veiller à son confort et de l'accompagner dans ses déplacements, il n'est pas du tout sûr que Léonce approuve cette expédition.

— Ton père serait furieux que j'emprunte l'un de ses chevaux… Crois-tu que Pégase pourra nous porter tous les deux sur son dos ?

Jason éclate de rire.

— Bien sûr ! Je parie que nous devons peser, ensemble, moins que certains cavaliers d'Athènes !

— Hum…

— Allez, Lug ! As-tu oublié que j'ai juré de retrouver la fille qui rêve de moi ? Eh bien figure-toi que quand je me suis réveillé, j'avais un plan tout prêt dans ma tête ! À croire qu'il a mûri pendant la nuit. Je vais tout t'expliquer en chemin… Alors, lâche ce balai, prends-moi quelques figues, une gourde de lait de chèvre, et en route !

Les deux jeunes gens filent bientôt, au galop, vers le port.

Ils longent le rivage depuis un moment quand ils aperçoivent, de loin, une foule de personnes qui s'activent, les pieds dans l'eau ou autour de grandes tentes. Ici et là, quelques énormes marmites posées sur des brasiers bouillonnent : il s'en dégage une fumée grisâtre. Le groupe ne semble pas remarquer la présence des deux intrus, et personne ne lève la tête à leur approche. Ils se dirigent vers un colosse à la barbe fournie qui semble aboyer des ordres à la ronde. Jason lance avec autorité :

— Salut à toi, je suis Gnathon[1], fils de Placynthomyon[2], le plus grand magistrat que notre belle cité d'Athènes ait jamais connu.

L'homme le dévisage d'un air ahuri. Ce doit être un contremaître. Apparemment pas très vif. Voilà qui est plutôt bon signe. Le garçon reprend, d'un ton agacé :

— Eh bien, n'aurais-tu pas entendu ? Ce n'est pas grave : je recommence. Salut à toi, je suis Gna…

— Si, si, j'ai entendu. Salut à toi, Gnathon.

L'homme semble maintenant perplexe.

— Que faites-vous ici ? Et pourquoi donc êtes-vous comment dire tous les deux, montés ensemble sur le même cheval ?

---

1. Ce nom signifie : glouton.

2. Celui-ci signifie : rongeur de gâteaux.

Jason lève le menton avec assurance, bombe le torse et, d'une voix calme, continue :

— Ne te préoccupe donc pas de cela. L'une de nos esclaves a disparu de la maison hier. Nous avons toutes les raisons de penser qu'elle a rejoint les rangs de ces pêcheurs de murex…

L'homme fronce ses gros sourcils.

— Ah oui ? Et comment dire qu'est-ce qui vous fait croire cela ?

— Peu importe. Sache que mon père est attaché à cette femme.

— …

— Très attaché.

— …

— Il est prêt à payer un bon prix pour la récupérer !

— ...

— Vraiment.

— ...

— Un très bon prix.

Lugos, derrière son maître, se tait. Il a envie de rire, et tout le mal du monde à se contenir. Il garde la tête baissée, en faisant semblant de tousser.

Le géant se gratte la barbe.

— Et votre esclave, alors, elle se serait donc comment dire sauvée ?

— Peut-être.

— Mais…

— Aussi je te prie de me laisser jeter un œil parmi les femmes qui travaillent ici.

Tout en parlant, Jason sort des plis de sa tunique un petit sac de cuir, fermé par un cordon, pour l'agiter aimablement sous le nez de son interlocuteur.

— Si tu nous laisses aller et venir à notre guise un moment, toutes les drachmes[1] contenues dans cette jolie bourse sont pour toi !

— Oh.

1. Monnaie grecque.

— Et n'oublie pas : si je retrouve l'esclave préférée de mon père, il sera encore beaucoup, beaucoup plus généreux !

Un sourire illumine enfin le visage du colosse. Il tend la main, mais le jeune garçon recule en secouant la tête.

— Tsss-tsss, pas si vite, mon ami ! Je te la donnerai avant de partir !

Et puis, sans attendre, il fait avancer Pégase sur la plage rocailleuse.

— C'est vrai que ça pue… marmonne Lugos.

— On n'a rien sans rien.

Hélas, aucune des petites filles aidant les adultes à récolter ou à entasser les coquillages dans les grandes caisses en bois disposées ici et là sur le sol ne ressemble de près ou de loin à celle qui est venue les trouver la veille.

Tout à coup, l'esclave murmure :

— Regarde ! Là !

Il désigne, du doigt, l'une des femmes qui trient les murex entassés dans les caisses, rejetant à la mer tous ceux qui sont trop petits. Ses cheveux sont abîmés par le sel. Elle est maigre. Elle a l'air fatiguée. Un garçonnet, âgé d'environ deux ou trois ans, est sagement assis tout près d'elle, absolument fasciné par ses propres orteils. Un petit brin de laine rouge entoure son poignet, comme un bracelet.

CHAPITRE 5

Sacrée surprise aux bains du Pirée

Les deux jeunes gens sont rentrés ventre à terre à la maison. Une fois arrivés, ils s'installent sur un banc de la cour intérieure pour continuer à rire à leur aise. Léonce n'est, comme ils l'espéraient, pas encore revenu de chez Delphis, et Lugos leur a servi à chacun un grand gobelet de vin allongé d'eau. Fastia, un peu plus loin, à l'ombre d'un balcon du premier étage, file à l'aide d'un fuseau un paquet de laine écrue.

Jason s'esclaffe :

— Ha ha ha ! Comme j'aurais voulu voir la tête qu'il a faite, ce gros balourd, quand il a découvert, comment dire, que la bourse que je lui ai lancée en partant ne contenait en réalité rien d'autre que des noisettes !

— Hi hi hi ! Ce n'est pas comment dire le trésor qu'il espérait… mais ça lui fera au moins un petit en-cas !

— Ho ho ho ! Quelle aventure ! Enfin, je dois dire que je comprends maintenant tout à fait ce qu'a ressenti le rusé Ulysse après s'être joué de Polyphème ! D'ailleurs, tu sais quoi ? Peut-être est-ce la déesse Athéna elle-même qui m'a soufflé ce plan génial pendant la nuit… Qu'en dis-tu ?

Lugos est le premier à retrouver son sérieux.

— Peut-être, va savoir… lâche-t-il. Et pourtant, je t'assure qu'Aristote ne serait pas très fier de toi.

— Comment ?

— Eh bien… il tient tant à ce que ses élèves se comportent, dans chaque circonstance de leur vie, avec discernement et dans le respect de…

— … de quoi ? Quand même, je suis arrivé à mes fins ! N'est-ce pas l'essentiel ?

— Voilà bien la question : est-ce vraiment l'essentiel ? murmure alors l'esclave, qui, maintenant, ne rit plus du tout.

— Que veux-tu dire ? Et pourquoi fais-tu cette tête, tout à coup ?

Le jeune Celte prend une grande inspiration. Comme l'immense majorité des enfants privilégiés, Jason, fils de Léonce, ne se rend absolument pas compte de la chance qu'il a eue en naissant dans une famille libre et prospère. Sera-t-il capable de prendre un peu de recul pour comprendre ce qu'un simple esclave s'apprête à lui dire ? Son regard croise celui de la jeune fille qu'il aime, et ils échangent un petit signe de tendresse. Après un moment de silence, Lugos ose enfin se lancer :

— Tu vois, tous ces gens, qui suent sang et eau pour un homme qui espère faire fortune en vendant à prix d'or sa teinture pourpre…

— Oui ?

— Eh bien, ils travaillent dans des conditions tellement pénibles…

— Oui, c'est vrai.

— Vois-tu, je trouve cela triste.

Jason ouvre des yeux ronds :

— Enfin, Lugos, plus de la moitié d'entre eux sont des esclaves ! Et les autres sont bien contents de gagner de quoi manger et nourrir leurs enfants ! Ainsi va le monde : il y a deux catégories d'hommes, ceux qui sont nés pour commander et ceux qui sont nés pour obéir. Tout le monde sait cela. Allez, réjouissons-nous plutôt, puisque cet après-midi, ma petite messagère va enfin m'apprendre ce que je brûle de sav…

Tout à coup, un grand bruit de porte claquée les fait sursauter tous les deux.

— Tonnerre de Zeus ! Qu'est-ce qui se passe ici ?!

C'est Léonce, qui vient d'arriver, comme une furie, dans la cour. Il tempête :

— Eh bien, mon fils ? Aurais-tu perdu l'entendement ? Ton pauvre cheval est là, encore tout fumant, dans l'étable ! Il n'a même pas été brossé ! Et je te trouve maintenant, tout débraillé, à discuter avec un esclave comme si c'était ton meilleur ami ?! Quelle mouche t'a piqué ?

Les deux jeunes gens regardent piteusement leurs sandales, tandis que le maître de la maison fulmine toujours :

— Quand je pense que j'étais si heureux en arrivant ! J'étais porteur de si bonnes nouvelles !

Jason tente alors :

— Quelles bonnes nouvelles, Père ? Je suis curieux de les apprendre !

Mais le maître de maison ne l'entend pas de cette oreille.

— Eh bien, tu attendras ! File immédiatement changer de tenue, pour reprendre une allure décente !

Il se tourne ensuite vers le jeune Celte :

— Et toi, tu ferais mieux de disparaître avant que je te donne séance tenante quelques coups de fouet pour te rappeler où est ton devoir !

Lugos, sans demander son reste, s'éclipse alors vers l'écurie, la tête basse. Il savait bien que cette course au bracelet rouge n'était pas une bonne idée, mais il avait tellement envie d'aider Jason…

Les pensées se bousculent dans sa tête. Il ne doit pourtant jamais oublier qu'il fait partie de la classe des esclaves, composée de ceux qui n'ont aucun droit. Logés et nourris chez leur maître, ils ne sont en réalité rien d'autre que des biens, à peu près au même titre que des objets. La chose est acquise depuis la nuit des temps, dans la société grecque. Aristote lui-même, pourtant sage parmi les sages, et constamment tourné vers la recherche de ce qui est juste et bon, trouve cet état de fait tout à fait normal.

Tout en bouchonnant vigoureusement Pégase à l'aide d'une grosse poignée de foin, il serre les dents. Que diraient ses pauvres parents, s'ils voyaient qu'il est devenu un objet de propriété ? Que l'on peut désormais l'acheter ou le vendre, le louer, le donner en héritage ?

Soudain, une pensée frappe son esprit : les Celtes, eux aussi, pratiquent l'esclavage, et pourtant, cet état de fait ne l'avait jamais perturbé à l'époque où il vivait encore, libre, dans son pays.

***

Heureusement, Léonce est vite revenu à de meilleurs sentiments. Comme son fils, qui devrait aller s'entraîner au gymnase, n'a pas l'air très motivé et tourne en rond en traînant des pieds, il lui propose :

— Si tu demandes à Lugos de préparer les strigiles[1], des huiles parfumées à la cannelle ou à la cardamome et tout le nécessaire, je t'emmène aux bains du Pirée. Nous devons parler entre hommes.

---

1. Les strigiles étaient des sortes de spatules avec lesquelles on se raclait la peau pour la nettoyer.

Non loin du port, certaines cavernes de la colline de Munychie ont été aménagées pour offrir un lieu absolument enchanteur. L'entrée est décorée de somptueuses mosaïques et un couloir, creusé dans la roche, mène les clients à deux grandes salles rondes agencées avec tout le confort nécessaire à la détente. Les Athéniens, qu'ils soient riches ou de condition modeste, se retrouvent là pour se laver, se baigner et se faire masser.

Alors que père et fils, après s'être longuement récurés des pieds à la tête, barbotent dans l'eau chaude, les yeux mi-clos, le premier murmure soudain :

— Notre vie va bientôt changer, mon garçon : je vais, très prochainement, épouser la belle Astréa.

Jason, de surprise, glisse de la banquette immergée sur laquelle il est assis, de l'eau jusqu'aux épaules, et boit la tasse. Quand il réussit à se redresser, il tousse à fendre l'âme, les yeux pleins de larmes. À peine a-t-il repris son souffle, et avant même qu'il puisse dire quoi que ce soit, Léonce continue, à mi-voix, comme s'il se parlait à lui-même :

— Je pourrais très bien ne pas le faire, mais ma décision est prise. Un drame affreux a saccagé son enfance. Elle est devenue prêtresse très jeune, mais elle aspire aujourd'hui à une autre vie. Elle est si heureuse à l'idée d'habiter sous mon toit, de me décharger de la lourde tâche d'organiser tous les travaux domestiques…

Jason est stupéfait. Depuis qu'il est veuf, son père n'a jamais évoqué la possibilité de se remarier. Il peut toujours compter sur sa vieille mère en cas de besoin, mais la maison se gère presque toute seule, tant les esclaves sont compétents et efficaces. De même, l'administration du domaine agricole ne lui cause aucun souci : tout fonctionne sans problème depuis des années ! Le seul effort qu'il ait à faire est de se rendre régulièrement sur place pour une petite inspection, histoire de rappeler aux uns et aux autres qu'il est bien le propriétaire des lieux.

Le jeune garçon reste silencieux. Les yeux baissés, il fait plitch-plitch dans l'eau, du bout des doigts, pour se donner une contenance.

Chez les Grecs, le mariage est une institution dans laquelle l'amour a la plupart du temps peu de place. Les enfants de citoyens aisés épousent – vers trente ans pour les garçons, quinze ans pour les filles – celle ou celui que leurs parents leur disent d'épouser. Il s'agit d'une opération surtout économique. L'idée générale est d'entretenir la prospérité et d'organiser honorablement la continuité de la famille, surtout du côté du marié.

Au bout d'un long moment de silence, Jason réussit enfin à murmurer :

— Eh bien, ça, pour une nouvelle, c'est une sacrée nouvelle.

Le jeune garçon aimerait pouvoir prendre un air joyeux, sourire à son père. Hélas, malgré ses efforts, il en est absolument incapable. Son visage est tout bonnement paralysé.

Ce n'est pas bien grave : Léonce ne remarque même pas le trouble de son fils. Il ferme les yeux et soupire d'aise.

— Mais oui, mais oui. Une merveilleuse nouvelle, je le pense aussi. D'ailleurs, je vais organiser la fête le plus vite possible. Les dieux me le pardonneront bien je pense, mais je n'attendrai pas le mois de Gamélion[1]. Vois-tu, Astréa porte mon enfant, et je tiens à ce que celui-ci soit légitime.

Ce coup-ci, Jason manque bien se noyer.

Durant tout le temps qu'ils passent encore sur place ils parlent d'autre chose. Ou, plus précisément, Léonce parle, parle, parle, et Jason fait semblant d'écouter ses paroles un peu décousues : Fastia ne

---

1. C'est surtout en hiver qu'avaient lieu les noces, dans la Grèce antique, spécialement pendant le « mois du mariage », dédié à la déesse Héra, épouse de Zeus.

cesse de progresser dans l'art de la cuisine, c'est une vraie perle. Nestor s'est remis de sa chute de cheval : après plusieurs décades[1] de repos, il peut de nouveau marcher. On a trouvé un nouveau filon, particulièrement riche, dans les mines d'argent du Laurion. On dit qu'Alexandre, roi de Macédoine, qui a si magistralement battu le roi de Perse Darius III à la bataille de Gaugamèles[2], songerait maintenant à épouser la fille de son ennemi pour sceller leurs deux empires…

Le jeune garçon hoche gentiment la tête de haut en bas. Il fait régulièrement hum-hum… d'un ton qu'il espère intéressé. Cependant, il ne peut s'empêcher de se demander si la décision de son père est, ou non, une folie. Bien sûr, personne ne lui demandera son avis… mais il essaye de se persuader qu'en s'interrogeant de la sorte, il agit

---

1. Une décade est une période de 10 jours.

2. Affrontement décisif entre son armée et celle de Darius III, roi de Perse, en 331 avant J.-C.

dans l'intérêt de Léonce. Aristote n'insiste-t-il pas toujours sur l'importance qu'il y a à faire, dans tous les domaines, des choix éclairés ?

Avant toute autre chose, un premier point doit être examiné : le mariage envisagé est-il possible, selon les lois en vigueur dans la cité d'Athènes ?

La principale condition pour qu'une union puisse être célébrée est manifestement remplie. Les futurs époux doivent tous les deux avoir un statut de personne libre : par exemple, un Athénien ou une Athénienne ne pourrait s'allier à un métèque ou à une esclave. Or la jeune femme, si elle est orpheline, est sans aucun doute issue d'une ancienne famille de citoyens. Ensuite, Léonce et Astréa, compte tenu des circonstances et de leur âge, n'ont pas à suivre les directives de qui que ce soit. Enfin, le fait que la jeune femme ait jusqu'ici été prêtresse ne semble pas poser de problème majeur…

Une autre question, cependant reste ouverte : malgré tous ses efforts, Jason n'arrive pas à décider si, oui ou non, cette union est véritablement… pertinente. Des pensées contradictoires ricochent dans sa tête. Bien sûr, il veut le bonheur de son père, mais qu'adviendra-t-il de lui, une fois que sa belle-mère vivra à la maison ? Il n'a vu Astréa qu'une fois, mais il est certain que ce n'est pas le genre de femme à rester discrètement au fond du gynécée, comme sa grand-mère. Devra-t-il faire des efforts, pour tenter de lui plaire ? Et l'enfant qu'elle porte ? Si c'est un garçon, héritera-t-il un jour d'une partie des biens de leur père ? Sans doute.

Son cœur bat trop fort dans sa poitrine, et le rouge qui colore ses joues ne doit pas grand-chose à la température élevée du bain.

Il est si perturbé par l'annonce que lui a faite son père qu'il a relégué un instant la recherche de sa mystérieuse amoureuse au second plan de ses préoccupations.

CHAPITRE 6

Un petit tour sur l'Acropole

À leur retour des bains, Jason et son père sont affamés. Ils dévorent un bon repas, au cours duquel, une fois encore, c'est surtout Léonce qui parle. Lorsqu'il se retire pour s'offrir une petite sieste, son fils, un peu lassé par ce flot de paroles, se retourne vers Lugos.

— Cet après-midi, je n'ai pas du tout envie d'aller écouter Aristote. Personne ne s'inquiétera pour moi : j'ai bien vu que les autres se demandent toujours ce que je fais là, au lieu d'être dans une école, en compagnie d'autres garçons de mon âge… Si ça se trouve, on ne remarquera même pas mon absence.

— Mais ton père…

— Allez… aucun des disciples du maître ne le connaît personnellement, il n'y a donc aucun risque qu'il apprenne quoi que ce soit.

— Mais je…

— D'ailleurs, occupé comme il est par son projet de mariage, je suis sûr qu'il ne me posera pas la moindre question sur la leçon du jour.

— Mais tu…

— Il n'y a pas de mais. Allons tout de suite sur l'Acropole, puisque c'est là que nous trouverons la fillette que je cherche depuis hier ! En route !

En effet, la femme qu'ils ont interrogée le matin même sur la plage rocailleuse leur a révélé une information de la plus haute importance ! La petite au bracelet de laine rouge n'est autre que sa fille. Elle répond au nom de Mélissa, et passe ses journées avec un petit groupe d'autres enfants sur le flanc sud de la colline, dans les parages du temple d'Aphrodite. Les prêtresses leur donnent parfois un peu de pain ou une friandise pour effectuer l'une ou l'autre tâches sur les lieux : balayer le sol ou le laver, enlever la poussière sur le mobilier, faire briller le marbre des statues et les objets nécessaires aux cultes…

Dès qu'ils arrivent près du sanctuaire, les deux jeunes gens se lavent les mains dans les vasques remplies d'eau sacrée : nul ne saurait approcher la demeure d'un dieu ou d'une déesse sans s'être purifié.

— Rhaaa, nous aurions dû passer par l'agora, afin d'acheter une colombe bien dodue, pour faire une belle offrande, souffle Jason en grimaçant.

Lugos sort alors du sac en toile qu'il porte sur l'épaule une poignée de belles figues presque noires.

— J'avais emporté cela, pour le cas où tu aurais une petite faim, dans le courant de l'après-midi… mais je suis sûr qu'Aphrodite les aimera tout autant que toi !

— Tu as raison, approuve son jeune maître en s'en saisissant.

Après quoi, tout sourire, il s'avance en direction de la magnifique statue représentant la déesse. Une jeune femme aux cheveux noirs retenus par des rubans blancs apparaît soudain à ses côtés.

— Puis-je t'aider ? demande-t-elle d'une voix suave. Tu souhaites sans doute prier Aphrodite ? Louer son nom ? Ou bien la remercier de ses bienfaits ? À moins qu'il s'agisse de quelque chose plus délicat : désires-tu… lui demander une faveur ?

— Oui, c'est cela : je suis venu pour lui demander une faveur, murmure alors Jason, sans oser regarder la prêtresse en face.

— Je t'écoute.

— Une merveilleuse jeune fille est amoureuse de moi, et je voudrais que la déesse m'aide à la retrouver.

— Tu l'as donc perdue ?

— En réalité, nous ne nous connaissons pas encore.

— Comment sais-tu alors qu'elle est merveilleuse ?

— Son message me l'a fait comprendre.

— Elle t'envoie des messages, alors qu'elle ne te connaît pas ?

— Elle m'aura vu lors d'une procession…

— Bon. Alors, de quoi s'agissait-il, précisément ?

— D'une galette au miel…

— Une galette au miel… j'espère qu'elle était bonne !

— Je n'ai pas pu la manger. C'est un corbeau qui… oh, écoutez, cela n'a pas d'importance. Je veux juste retrouver cette fille.

La prêtresse ferme un instant les yeux, soupire et passe lentement sa main sur le haut de son visage. Elle reprend :

— Tu veux dire que tu veux découvrir qui c'est…

— C'est cela.

— Voilà. Maintenant, je comprends.

— Mais il y a peut-être un problème…

— Quoi encore ?

— Je n'ai rien d'autre à offrir que ces quelques fruits !
La femme hausse les épaules avec un petit sourire.
— Peu importe la valeur de ce que tu apportes. L'essentiel est que tu l'offres à Aphrodite de tout ton cœur.
— Merci.
— La prochaine fois, pense tout de même à apporter une jolie colombe.
Lugos, resté en retrait, observe la scène de loin. Soudain, son œil est attiré par un mouvement, au bord de son champ de vision : quelques petites ombres, accroupies parmi des buissons, ont l'air de jouer aux osselets ou aux dés. Quand il s'approche d'elles, son visage s'éclaire d'un sourire.
— Eh, Mélissa ! appelle-t-il.
La petite lève la tête. Le reconnaissant, elle saute sur ses pieds pour se diriger vers lui, tout sourire. Il s'exclame alors :
— Quelle chance de te trouver ici ! Nous étions justement venus avec l'espoir de te rencontrer !

Mon maître voulait te remercier pour la galette au miel que tu lui as portée hier…

— Ce n'est rien du tout ! Alors, elle était bonne ?

L'esclave fait comme s'il n'avait pas entendu la question.

— Figure-toi que, depuis, son cœur bat tellement fort dans sa poitrine… que j'ai peur qu'il explose !

La gamine ouvre des yeux ronds. Elle prend sa tête entre ses mains pour s'exclamer naïvement :

— Oh, c'est vrai ?

— Non, bien sûr, je plaisante. Mais il aimerait vraiment beaucoup savoir qui lui a offert cette friandise.

La fillette lève les yeux au ciel, puis fronce le nez en mettant son index devant sa bouche.

— C'est un secret ! C'est un secret ! Je n'ai pas le droit de le révéler ! Tu ne m'as pas répondu : est-ce qu'il a aimé le gâteau ?

Comme elle a l'air gentille et naïve ! Lugos se dit que s'il s'agissait effectivement d'un cadeau empoisonné, cette petite n'en savait rien. Comment l'amener à lui faire confiance ? Il fouille un peu au fond de son sac, avec l'espoir d'y trouver encore une figue à lui donner, hélas, sans succès. Pourquoi ne pas essayer de la faire rire ? Avec une petite grimace comique, il susurre :

— Un secret, c'est sacré… ça, c'est sûr ! Mais s'il y a plus crucial que ce secret si sacré ? Si ce sacré secret est source de soucis ? Sais-tu si…

Mais l'enfant tape du pied pour l'interrompre.

— Pfff ! Je ne comprends rien du tout à ce que tu dis ! Tes espèces de blagues ne sont même pas drôles !

Il s'accroupit alors, pour pouvoir la regarder bien droit dans les yeux. Le mieux est peut-être bien de lui dire, tout simplement, la vérité.

— Et si quelqu'un était en danger de mort. Et si tu pouvais m'aider à éviter quelque chose de grave si tu acceptais de…

Elle fait la moue, mais n'esquisse pas le moindre geste pour s'en aller. Soudain, l'esclave comprend tout.

— Tu ne veux pas trahir ta parole, c'est ça ?

Elle hoche affirmativement la tête.

— C'est tout à ton honneur. Mais peut-être pourrais-je te poser, disons… trois questions ? Et tu me répondrais simplement par oui ou par non ! Est-ce que tu serais d'accord pour cela ? C'est vraiment très important.

Elle réfléchit quelques instants, puis hoche à nouveau la tête. Elle se tord pourtant les mains, et se dandine d'un pied sur l'autre, manifestement désireuse d'en finir au plus vite.

— Est-ce ici que tu as rencontré celle qui t'a chargée d'apporter cette galette à Jason ?

— Ouiii…

— Est-ce qu'elle vient souvent sur l'Acropole ?

— Ouiii…

— Avec sa mère, pour y prier les dieux ?

— Non !

La fillette lève vivement la main, autant pour signifier la fin de l'entretien que pour saluer le jeune esclave, mais Lugos l'attrape par le poignet pour la retenir encore un instant.

— Dis-moi seulement, je t'en prie : c'est elle qui t'a offert le brin de laine dont tu as fait ces jolis bracelets, pour toi et ton petit frère ?

— Ouiii ! Mais maintenant, lâche-moi ou je crie si fort que tous les prêtres et les prêtresses de la colline accourront à mon secours !

À peine a-t-elle pris ses jambes à son cou pour rejoindre ses amis que Jason réapparaît, un sourire radieux aux lèvres.

— Alors ? demande Lugos.

Sans répondre, le jeune Grec lève les bras et son visage vers le ciel. Il inspire une grande goulée d'air. Il se met ensuite à se trémousser, les yeux fermés, tout en fredonnant un petit air et en tapant des mains, sous les yeux amusés de son esclave. Quand, au bout d'un moment, il cesse sa petite danse joyeuse, il se met à chantonner :

— La fille qui rêve de moi est une descendante en ligne directe de la belle, de la sublime, de l'inégalable Hélène de Troie ! Elle m'a vu et est tombée amoureuse de moi il y a deux décades, lors des processions des dernières Aphrodisies[1]. Depuis, son esclave de confiance a écumé toute la cité avec la mission de me retrouver… elle m'a enfin reconnu il y a trois jours, aux abords du Lycée, après la leçon d'Aristote. C'est alors que sa délicieuse maîtresse a eu l'idée de lui demander de m'apporter cette galette…

Lugos, qui jusqu'ici a bien pris soin de ne pas interrompre son maître, feint l'étonnement.

---

1. Principales fêtes religieuses données en l'honneur de la déesse Aphrodite, qui ont lieu en été.

— Mais alors, la petite Mélissa, dont la mère trie les murex sur la plage, n'est autre que la servante de cette riche jeune fille ? C'est quand même étran…

Jason balaye la question d'un revers de main agacé.

— Mon esclave ne va quand même pas remettre en question ce que m'a dit l'oracle ?!

— Eh bien…

— Cette femme, ce matin, nous aura menti.

— Il n'empêche qu'hier, ta petite messagère était davantage habillée comme une pauvresse que comme une…

— Elle se sera déguisée, pour mieux passer inaperçue dans les rues.

— Et le bracelet rouge du petit enfant, sur la plage ?

— Ce n'est qu'une coïncidence ! Rhaaaa, mais enfin, vas-tu arrêter d'essayer de gâcher ma félicité ?!

Cependant, son imagination a dû lui jouer un tour, car le jeune Athénien se borne à lui donner une petite claque affectueuse sur l'épaule en bougonnant :

— Allons, allons, Lug ! Ne peux-tu donc pas tout simplement te réjouir avec moi de ma bonne fortune ?

— Eh bien…

Juste à cet instant, sans aucun signe annonciateur, le ciel tourne brutalement au gris. Un vent violent souffle bientôt sur la cité et le tonnerre se met à gronder dans le ciel. Une pluie battante s'abat sur la cité athénienne. Maintenant, tout le monde s'affole et court partout pour se mettre à l'abri ! Mais l'orage n'attaque pas le moins du monde la bonne humeur de Jason, qui rit aux éclats en prenant la direction de la demeure de son père, le jeune Celte sur ses talons.

Quand ils rentrent, ils sont trempés. Tout en frictionnant les cheveux de son maître avec un linge pour les sécher, Jason s'interroge. Doit-il, ou non, raconter sa rencontre avec la fillette ? Il décide finalement de garder le silence. Cependant, et plus que jamais, il est convaincu que la galette au miel que l'enfant à offerte à Jason la veille était empoisonnée. Le corbeau qui l'a dérobée n'était ni trop vieux ni malade.

C'est sûr, le fils de Léonce court un grand danger. Il se jure de le protéger coûte que coûte, et de trouver la personne qui lui en veut au point d'essayer de le tuer.

CHAPITRE 7

LONGUE VIE AUX MARIÉS !

Hélas, les circonstances empêchent le pauvre Lugos d'aller beaucoup plus loin dans son enquête. Au cours des jours qui suivent, il n'a en effet pas un instant à lui : la maisonnée est en effervescence, et pratiquement toutes les activités habituelles des uns et des autres ont été mises entre parenthèses.

Les esclaves ont été sommés de récurer l'ensemble des pièces, communes ou privatives, du sol au plafond. Depuis la mort de la mère de Jason, le gynécée, à l'étage du bâtiment, n'abritait plus que la mère de Léonce et les trois servantes de la maison. Afin d'accueillir honorablement Astréa, il a été redécoré avec quelques meubles de prix et de riches tentures. On a aussi livré plusieurs vases splendides et deux nouveaux tapis en soie venus d'Orient.

Jason participe aux préparatifs aussi bien qu'il le peut. Son père le sollicite à tout instant, lui demandant son avis à tout propos : la tenue qui le mettra le plus à son avantage, les détails du menu du banquet, la liste des invités et le choix du rhapsode[1].

Léonce, qui s'est soudain avisé qu'il avait un peu de ventre, s'est mis au régime dans l'espoir de perdre du poids avant le grand événement. Il crie sur tous les toits qu'il ne mange plus que des légumes bouillis, mais dès qu'il se croit à l'abri des regards, il se glisse en cuisine pour chiper un gâteau aux figues ou prélever une grosse cuillerée de miel dans la réserve.

---

1. Un rhapsode est, en Grèce antique, un artiste qui va de ville en ville pour réciter ou déclamer des poèmes épiques.

La vérité, même s'il ne l'avouerait jamais à personne, c'est que la perspective de ce mariage le rend, par moments, un tout petit peu nerveux.

***

Généralement, les noces, à Athènes, se préparent longtemps à l'avance et durent trois jours. C'est le temps nécessaire pour que la jeune fille passe progressivement de la tutelle et du domicile de son père à ceux de son promis.

Comme il y a belle lurette que le père de Jason se fiche du qu'en-dira-t-on, et il n'a nulle envie de suivre à la lettre la procédure qui s'impose aux jouvenceaux. À près de quarante-cinq ans, ce citoyen riche et influent estime qu'il n'a de comptes à rendre à personne. Son père est mort alors qu'il était tout jeune homme, et cela fait bien longtemps qu'il n'a plus demandé son avis à sa mère.

Léonce décide donc de tout organiser à sa façon, ne conservant que les aspects de la coutume qui lui plaisent et ajoutant, par-ci, par-là, quelques touches toutes personnelles aux préparatifs.

Durant la décade qui précède la noce, de multiples offrandes sont effectuées aux temples d'Athéna, d'Héra et d'Hyménée, sans oublier Déméter, afin que celle-ci continue à être favorable aux récoltes du domaine, garantissant ainsi à la famille d'être toujours prospère.

Enfin, le grand soir arrive.

La maison a été décorée de centaines de guirlandes de feuilles d'olivier et de laurier.

C'est à la tombée de la nuit qu'Astréa rejoint la demeure, installée sur des coussins de soie blanche, dans un char décoré de fleurs multicolores tiré par de magnifiques chevaux qui marchent au pas. Elle est accompagnée par une foule d'amis qui vont à pied. Plusieurs d'entre eux portent des flambeaux.

Certains chantent ou frappent dans leurs mains, d'autres jouent de la flûte ou du hautbois. La fiancée, richement parée, porte un voile qui cache son visage, et sa tête est ornée d'un diadème doré. Sur le siège, à côté d'elle, un gril et un tamis symbolisent les futures activités domestiques qu'elle aura à accomplir dans sa nouvelle vie.

Quand le véhicule s'arrête devant la porte, Léonce, fier comme un coq, se dirige vers la jeune femme. Il la prend par la main pour l'aider à mettre pied à terre sous les acclamations des invités. Toute la famille, tous les amis, tous les voisins sont là. Ils jettent sur le couple des poignées de noix et de figues sèches pour lui souhaiter d'avoir beaucoup d'enfants.

Jason a l'impression de flotter dans un rêve étrange. Quand celle que son père est sur le point d'épouser passe près de lui, elle ralentit le pas, pour pendre le temps de lui caresser la joue de sa main mutilée. Soudain, le jeune garçon se demande comment elle a perdu son auriculaire. Il se demande aussi s'il aura un jour le courage de lui poser la question. Il se demande enfin s'il est désormais supposé l'appeler mère, ou pire encore, maman. Cette idée, qui ravive le douloureux souvenir d'Ambre, lui fait venir les larmes aux yeux.

Comme le veut la tradition, une fois que la jeune femme a franchi le seuil de sa nouvelle demeure, on détache les chevaux et on met le feu au char qui l'a amenée. La pratique est bien sûr symbolique : cela signifie qu'elle ne repartira pas.

Dans la maison, tout le monde prend place pour le repas de noces : un endroit a été préparé pour les hommes, un autre pour les femmes. Les convives offrent tour à tour de nombreux présents, plus somptueux les uns que les autres : une gigantesque tapisserie représentant Thésée affrontant le Minotaure, un imposant bracelet d'or en forme de serpent aux yeux de rubis, des cothurnes[1] de cuir fin, un grand miroir de métal poli…

Soudain, Delphis se lève, demande l'attention de l'assemblée et tonne :

— Que voici donc de fort beaux présents, pour une fort belle épousée !

Tout le monde approuve gaiement, certains applaudissent. L'homme poursuit, tapant comiquement du pied :

— Mais enfin, qui pense au mari ??

Des rires fusent, ici et là.

— Oui, le mari ! Parlons-en ! Parlons un peu de cet homme ! Il a su convaincre l'être de lumière qui se tient devant nous de lier sa destinée à la sienne, alors qu'objectivement, il n'a pas grand-chose pour plaire !

---

1. Sandales.

À ces mots, l'assemblée se fige, interloquée. Mais Delphis enchaîne, sans se troubler, et se tournant vers le marié :

— Mon ami. Il faut se rendre à l'évidence : tu as une chance que tu ne mérites pas, car…

Léonce connaît bien les plaisanteries de son vieux camarade, aussi attend-il la suite de son petit discours un demi-sourire aux lèvres. Delphis lève alors théâtralement ses bras vers le plafond.

— … car tu es laid ! Tu es vieux ! Et surtout… surtout, tu es si pauvre que tu ne pourras même pas nourrir cette infortunée jeune femme ni les nombreux marmots que tu ne vas pas manquer de lui faire !!!

Il éclate de rire, et tous les convives sont, eux aussi, maintenant hilares. Attendant que le silence soit à peu près revenu, Delphis fait enfin signe à un esclave qui se tenait jusqu'ici en retrait derrière lui. L'homme lui tend alors un gros paquet dont il se saisit. Dans un geste ample, il déploie, en tournant sur lui-même pour que tout le monde puisse bien la voir, une grande cape bleue brodée d'or. Redevenu sérieux, il s'avance vers Léonce et la lui tend.

— Mon cher, mon très cher ami, daigne accepter ce présent. Je veux qu'on ne voie que toi quand tu paraîtras, aux prochaines Thesmophories[1], aux côtés de ton épouse. J'ai bien tenté de trouver une cape pourpre, mais sans succès. Les essais en cours au bord de la mer ne semblent malheureusement pas encore très concluants.

***

Afin de rendre hommage aux charmes d'Astréa, le maître de maison a prié le vieux poète qu'il a convié de la comparer à la belle Hélène. Jason, en entendant cela, ne peut empêcher son cœur de battre plus fort.

---

1. Fêtes automnales en l'honneur de la déesse Déméter.

Il se penche vers un jeune garçon placé près de lui et lui lance, avec un clin d'œil :

— Savais-tu que l'arrière-petite-fille de la fille de la fille de celle de la reine de Troie vit aujourd'hui dans notre cité ? Comme son aïeule, elle est évidemment belle comme le jour. Et figure-toi que la déesse Aphrodite a su lui inspirer l'amour pour un jeune homme de la haute société. Celui-ci, le plus heureux d'entre nous, je te le donne en mille…

Mais l'autre ne l'écoute absolument pas. Alors, dépité, le fils du marié se tait. Il ne s'occupe plus de ce qui se passe autour de lui, se bornant à profiter du repas délicieux qui est servi. D'ailleurs, tout le monde se régale ! Léonce boit et rit beaucoup.

Le moment le plus solennel de la cérémonie est celui où la mariée retire son voile. Ce geste, effectué devant témoins, est celui qui officialise l'union. Lorsque Astréa, d'un geste gracieux, soulève lentement le sien, tous les hommes présents en ont le souffle coupé, tant la jeune femme est radieuse. Ses yeux brillent d'un éclat tout particulier, et elle sourit avec une amabilité véritablement ensorcelante à tous et à chacun.

À la fin du repas, après la distribution des gâteaux au sésame, gage de fécondité, les époux prennent enfin congé de leurs invités pour se diriger vers la chambre nuptiale. Quand la porte se referme sur eux, tout le monde se met à faire le plus de bruit possible, afin afin d'effrayer les esprits mauvais qui pourraient être tentés de gâcher la fin de la nuit.

CHAPITRE 8

Intentions malveillantes

Après la fête, le quotidien reprend vite ses droits : contrairement à ce qu'il craignait, la vie de Jason n'est pas bouleversée.

Astréa a pris ses aises dans plusieurs pièces du gynécée, au premier étage de la demeure, reléguant sa belle-mère dans un petit réduit doté d'une fenêtre minuscule. Elle passe son temps à mélanger divers ingrédients pour créer des huiles parfumées, de nouveaux cosmétiques et de mystérieuses potions, n'apparaissant que fort rarement aux yeux de la maisonnée. La nouvelle de sa grossesse a immédiatement été annoncée aux esclaves. Ils ont tous reçu l'ordre de lui obéir au doigt et à l'œil et de satisfaire ses moindres caprices. Elle prend toujours ses repas seule, dans ses appartements. Contrairement à la précédente maîtresse de maison, elle ne descend jamais tisser, ni effectuer une quelconque autre tâche dans la jolie cour centrale. En revanche, elle se rend plusieurs fois par jour à la fontaine pour chercher de l'eau.

Si, chaque soir, après le dîner, son père ne le quittait pas pour aller embrasser son épouse et prendre des nouvelles de sa santé, Jason pourrait presque oublier la présence de sa belle-mère. Comme par le passé, ses journées sont rythmées par le programme qui doit lui permettre de devenir, après le service militaire qu'il effectuera entre dix-huit et vingt ans, un citoyen d'Athènes éclairé et engagé. Il se doit, pour cela, d'entraîner tout aussi bien son corps que son esprit. C'est pour cela que, chaque matin, il se rend au gymnase, où il pratique avec passion la course, le saut en longueur, le lancer de poids ou de javelot et la lutte. Après un déjeuner léger, qu'il prend généralement chez lui, il va écouter, toujours accompagné de son pédagogue, les leçons de maître Aristote.

Dès que cet emploi du temps bien rempli le leur permet, les deux jeunes gens, qui n'ont pas oublié leurs recherches, passent le plus de temps possible à traquer les indices dans la cité et ses environs.

Jason, bouillant d'une impatience joyeuse, a toujours pour objectif de retrouver la belle jeune fille dont la prêtresse aux cheveux noirs lui a parlé au temple d'Aphrodite. Le temps qui passe n'entame pas le moins du monde sa bonne humeur, puisqu'il est sûr que la déesse de l'amour – à laquelle il sacrifie maintenant presque tous les jours la colombe la plus grasse qu'il peut trouver sur le marché – l'aidera dans son entreprise. De son côté, Lugos, toujours persuadé qu'une menace plane sur son jeune maître, veut à tout prix découvrir qui a tenté de l'empoisonner. Il est, de jour en jour, davantage tourmenté et inquiet, d'autant plus qu'il a parfois l'impression qu'un être malveillant les suit, pas à pas, dans l'ombre.

Ils parcourent ensemble, aux aguets, les divers quartiers d'Athènes : le Céramique, l'agora, l'Acropole, le Pirée, même, ouvrant l'œil, posant ici et là des questions qui leur attirent parfois des regards intrigués ou soupçonneux. Malheureusement, chaque soir, ils s'en reviennent bredouilles à la maison.

Pourtant, près de deux décades après le mariage de Léonce et Astréa, par une belle journée, en fin d'après-midi, alors qu'ils se trouvent au pied de l'Acropole, la petite Mélissa surgit soudain devant eux. En les reconnaissant, elle essaye de se sauver, mais Jason, qui l'a, lui aussi, reconnue, l'attrape par le bras.

— Eh là, eh là, où t'en vas-tu comme ça ? Tu ne saluerais pas de vieilles connaissances ?

Se retournant un instant vers son esclave, il remarque, l'air perplexe :

— Dis donc… je ne me souvenais pas qu'elle était si sale et si pauvrement vêtue…

La fillette se démène comme un petit animal que l'on retient prisonnier.

— Dis-moi où est ta maîtresse ! lui répète-t-il sans se lasser. Je veux savoir qui elle est, où elle vit. Je veux savoir qui sont ses parents. Je veux avoir une chance d'apercevoir le visage de celle qui avait confectionné pour moi cette galette au miel que je ne peux oublier… Je veux une mèche de ses cheveux.

Quand elle réalise qu'il ne la relâchera pas avant qu'elle ait répondu, elle le regarde droit dans les yeux et grince :

— C'était une blague ! Aucune jeune demoiselle n'est amoureuse de toi !

Le jeune garçon est si stupéfait qu'il la laisse s'échapper. Elle s'élance comme un cabri et disparaît parmi la végétation qui couvre, à cet endroit, le flanc de la colline.

— Si nous nous dépêchons, nous pouvons la rattraper ! s'exclame Jason.

Ils sillonnent longtemps les lieux, de temple en sanctuaire, de vasque d'eau sacrée en statue de marbre, refusant d'abandonner, jusqu'à ce que le soleil soit sur le point de se coucher. Léonce va certainement réprimander son fils d'être tellement en retard… mais alors qu'ils s'apprêtent à reprendre le chemin de la maison, deux ombres, surgies de nulle part, fondent soudain sur eux. Ils roulent sur le sol, chacun se battant contre l'un des assaillants.

Ici et là, des silhouettes apparaissent entre deux colonnes, jetant des regards curieux vers la bagarre avant de disparaître. Personne n'ose s'interposer.

Soudain, l'agresseur de Jason pousse un grognement de triomphe : il a réussi à immobiliser le jeune garçon. Celui-ci, à plat ventre, le nez dans la poussière, ne peut pas voir que l'autre a dégainé un poignard effilé, avec lequel il s'apprête à l'égorger. Mais Lugos sent soudain ses forces se décupler : avec un hurlement, il envoie son propre adversaire au sol ! L'homme, sous le choc, perd connaissance, et l'esclave peut venir prêter main-forte à son jeune maître. Son attaquant, bien qu'il soit un véritable Hercule, finit bientôt par être immobilisé. Ce n'est qu'à cet instant que des archers, sentinelles en patrouille, alertés par le bruit, arrivent sur place au petit trot. Considérant ses vêtements, pourtant salis et déchirés, les soldats comprennent vite que Jason est un fils de bonne famille. L'un d'eux lui lance, tout en liant les poignets des filous, tous les deux assez mal en point :

— Vous avez eu drôlement de la chance qu'on soit arrivés au bon moment ! À cette heure-ci, même les abords des temples ne sont pas sûrs pour les jeunes gens comme vous ! Il arrive trop souvent qu'à la tombée de la nuit, ils se fassent voler leur bourse !

Lugos secoue la tête pour préciser :

— Ah, pardon, je vous assure que ce n'est pas la bourse de mon maître que ces deux-là voulaient lui prendre… mais bien sa vie !

Jason ouvre des yeux ronds, et le chef des patrouilleurs reprend :

— Même si tu as peut-être raison, esclave, tu sais bien que ton témoignage ne vaudra rien du tout devant les juges…

Trois messieurs d'apparence honnête arrivent alors, pour se diriger vers le petit groupe. Désignant l'un des agresseurs, le premier d'entre eux prend la parole :

— Salutations à vous. Nous sommes prêtres d'Athéna, et avons tout vu ! L'esclave dit vrai. Cet individu, là, avait bel et bien l'intention de trancher la gorge de ce jeune homme !

Le fils de Léonce, pâle comme un linge, se tourne vers son agresseur.

— C'est vrai ? Mais enfin, qui êtes-vous ? Que voulez-vous ? Pourquoi nous avoir attaqués ? Que vous ai-je fait ?

Comme l'autre ne répond pas, Jason se tourne vers son esclave.

— … et toi, Lug… alors… on dirait bien que je te dois la vie !

La nuit est tombée depuis longtemps quand Jason et Lugos arrivent enfin en vue de la maison. Ils sont en piteux état, couverts d'éraflures et tout crottés, leurs habits, à moitié déchirés, pendent le long de leur corps. Fastia, qui les a vus approcher en clopinant, se dépêche de prévenir Léonce. Celui-ci se précipite à leur rencontre.

— Mon fils ! Par tous les dieux ! Que t'est-il arrivé ?

Le riche et influent citoyen a perdu toute sa belle assurance : il est bouleversé à l'idée que son enfant vient de frôler la mort.

On se retrouve bientôt réunis dans la grande salle, pour entourer les deux jeunes gens : tous les serviteurs et les servantes sont là. Même la vieille grand-mère a quitté le gynécée pour réconforter celui qu'elle a vu naître. Soudain, Léonce se retourne vers les autres, l'air intrigué.

— Où est donc mon épouse ? Serait-elle indifférente au sort de celui qu'elle doit considérer comme son fils ?

L'une des esclaves répond :

— Elle s'est retirée dans sa chambre il y a quelques instants, en me priant de ne laisser personne la déranger, sous aucun prétexte. Elle a précisé qu'elle ne se sentait pas très bien et devait absolument se reposer. Dans l'intérêt de l'enfant qu'elle porte.

— Alors, bien sûr, nous devons tous respecter sa volonté.

L'attention générale revient vite vers Jason : on l'entoure, on le cajole, on l'aide à se changer, on lui donne de quoi manger… Tout le monde félicite aussi Lugos pour sa bravoure face aux affreux bandits de grand chemin qui les ont attaqués. Petit à petit, chacun se détend et la tension retombe.

Mais soudain, quelqu'un frappe de grands coups à la porte de la maison. C'est le chef des soldats, tout essoufflé, qui demande à voir le maître de maison.

— Entre donc, lui dit-il, et parle sans crainte.

— J'ai couru pour vous prévenir le plus vite possible : l'un des malfrats a avoué que quelqu'un l'avait payé pour s'attaquer à votre fils !

Alors que l'assistance est bouche bée, Léonce bondit vers lui en rugissant :

— Comment ? Mais qui ? Qui a été assez fou pour oser me faire l'affront de s'attaquer à la chair de ma chair ? Avez-vous pu faire parler ce misérable ?

L'autre soupire et écarte les mains en secouant la tête.

— Nous l'avons interrogé, bien sûr. Et croyez-moi, il nous a dit tout ce qu'il savait.

— Alors ?

— Malheureusement, il ne connaît pas le nom de cette femme.

— Une femme ?!

— Oui, une femme.

— Mais comment cela est-il possible ?

— Je ne sais pas grand-chose de plus…

Léonce a maintenant saisi l'homme par les épaules. Il le secoue sans ménagement.

— Je veux absolument trouver la coupable ! J'étranglerai aussitôt cette sorcière de mes propres mains ! Dis-moi tout ce que tu sais ! Et vite ! Le plus petit détail peut avoir son importance !

Le soldat lâche enfin :

— Tout ce qu'il a pu nous dire, c'est qu'ils s'étaient rencontrés plusieurs fois près de la fontaine. Qu'elle lui avait demandé s'il voulait gagner rapidement beaucoup d'or. Que quand il avait répondu oui, elle lui avait apporté une belle bourse remplie, lui disant qu'il en aurait deux autres une fois son forfait accompli.

— Et le deuxième homme ?

— Un ami du premier.

— Et c'est tout ce qu'on sait ?

— Attendez… il a dit aussi, en parlant de la femme, qu'elle est très belle et qu'il lui manque un doigt à la main gauche.

CHAPITRE 9

La leçon d'Aristote

Astréa a, depuis le début, envisagé que son plan pourrait échouer, et qu'elle serait alors amenée à quitter précipitamment les lieux. Elle a donc caché sous son lit une corde assez longue pour lui permettre, en sortant par sa fenêtre, de gagner l'extérieur de la maison sans encombre ainsi qu'un bagage contenant l'essentiel pour voyager léger.

Alors, ce soir, lorsqu'elle voit, au loin, les silhouettes de Jason et Léonce, en piteux état, se diriger vers la maison, elle agit avec le plus grand sang-froid. Elle va trouver une servante, simule un malaise, se retire dans sa chambre et, à l'instant même où les jeunes gens franchissent le seuil de la demeure, se glisse dehors sans bruit.

Tout le monde entoure les rescapés de l'attentat qu'elle a organisé. Quelle malchance, décidément. D'abord, la galette empoisonnée, pourtant bien offerte par la fillette des rues, n'a eu aucun effet… Jason est rentré sans encombre de la fête de Delphis, et maintenant, l'homme censé l'égorger se fait prendre ! Décidément, les Érinyes[1] n'ont pas l'air de vouloir l'aider dans son entreprise…

Elle n'a aucun mal à gagner l'écurie, à détacher le magnifique cheval noir de Léonce – il a toujours adoré les chevaux noirs – et à l'enfourcher pour partir au grand galop vers le port. Là, à tout moment du jour ou de la nuit, on trouve des bateaux en partance. Certains vogueront vers Cnossos, Rhodes ou Troie. Mais quelque chose lui dit que la haine et la fureur de son mari, une fois qu'il aura découvert

1. Déesses de la vengeance et du châtiment.

la vérité, réussiraient bien à le mener jusque-là pour se venger. Elle ne sera pas plus à l'abri en Égypte. Il lui faudra partir vers l'occident, loin, le plus loin possible, et s'enfoncer à l'intérieur des terres, là où personne n'aura l'idée de la chercher. Tout le monde la croit enceinte, et limitée dans ses mouvements.

Alors qu'après s'être délestée de quelques pièces elle embarque, au petit jour, sur un navire marchand chargé d'amphores pleines de vin ou d'huile d'olive, elle essaye de se persuader qu'une nouvelle vie l'attend. Qu'il lui faudra, simplement, oublier celle qu'elle a vécue jusqu'ici.

***

Pendant ce temps, dans la cité d'Athènes, Léonce, qui n'a pas réussi à fermer l'œil de la nuit, s'est levé avec le soleil. Complètement dévasté, il est assis sur un tabouret, à la cuisine, sa cape bleue et dorée à ses pieds. La tête entre les mains, il pleure silencieusement, les coudes sur la table, comme un petit enfant désespéré. Le gros pot de miel, vide, est renversé à côté de lui.

Une fois debout, comme son père ne lui accorde pas la moindre attention, Jason avale silencieusement quelques tranches de pain trempées dans du vin allongé d'eau. Après quoi, il appelle Lugos.

— J'étouffe, ici : je ne peux pas rester un instant de plus dans cette maison. Viens avec moi.

— Où veux-tu aller ? Espères-tu retrouver Astréa ? Veux-tu te venger ?

— Crois-le ou pas, je ne veux pas me salir les mains… et surtout, je fais confiance aux dieux pour la punir ! En réalité, j'ai juste besoin de sortir. D'aller respirer.

— Bonne idée. Allons donc au bord de la mer. L'air y est vivifiant comme nulle part ailleurs.

— D'accord. Va seller Pégase, et choisis-toi l'un des chevaux de mon père pour monture. Il n'y verra sans doute rien à redire aujourd'hui.

Les deux jeunes gens quittent rapidement la maison et prennent, sans réfléchir, la direction de la plage où ils avaient trouvé, deux décades plus tôt, les pêcheurs de murex. À leur arrivée, ils découvrent un spectacle étonnant. Le site a manifestement été abandonné. Les tentes ont disparu. Des caisses de bois sont éparpillées, en vrac, sur les rochers. D'autres ont été éventrées ou réduites en miettes. Intrigués, ils descendent de cheval.

— Que s'est-il passé, ici ? demande Jason à mi-voix. Les démons ont-ils donc décidé de tout détruire ?

Lugos ne répond pas. Ils cheminent un moment, tenant les chevaux par la bride, respirant à pleins poumons. Le vent a dissipé toute la puanteur qui les avait tant gênés la première fois qu'ils avaient visité l'endroit. Au détour d'un rocher, ils découvrent un homme, agenouillé, plongé dans la contemplation de la mer. Il ne réagit pas à leur approche.

— Bonjour, dit Jason.

L'homme tourne alors lentement la tête vers lui. Mais il a l'air absent.

— Où sont donc tous ceux qui travaillaient ici il y a quelques jours encore ? lui demande le garçon.

L'homme se lève péniblement. Il frotte ses mains l'une contre l'autre pour les débarrasser de quelques résidus de coquillages qui lui collent à la peau. Les yeux de nouveau tournés vers l'horizon, il répond enfin :

— Tous partis. Et moi, j'ai perdu toute ma fortune. J'ai consacré jusqu'à ma dernière drachme à cette entreprise. Nous avons soigneusement extrait les minuscules glandes à pourpre de la pulpe de milliers de coquillages. Nous les avons réduites en purée. Nous y avons ajouté du sel. Nous avons longuement fait bouillir le mélange… Toute la procédure a été suivie à la lettre. Pour rien. Tout ce que j'ai récolté, c'est une espèce d'infâme bouillie nauséabonde. Qui n'a même pas réussi à teindre le moindre ruban de tissu. Je suis ruiné. Ma vie n'a plus aucun sens.

Et puis, toujours comme s'il était seul au monde, il s'éloigne lentement de Jason et Lugos, qui ne font aucun geste pour le retenir. Après avoir lâché la bride des chevaux, ils prennent place à leur tour à l'abri du rocher. Ils restent silencieux longtemps, chacun plongé dans ses pensées. Ils suivent machinalement des yeux, de loin en loin, des navires, petits ou gros, qui arrivent au port du Pirée ou en repartent. Des mouettes volent, haut dans le ciel, poussant des cris stridents.

C'est Jason qui donne le signal du départ.

— Je dois maintenant parler à mon père, dit-il simplement.

***

Quand il sort des appartements de Léonce, Jason a le regard dur et la mâchoire serrée. Il avance vivement dans la cour, où Lugos est occupé à laver le sol de la cuisine, et se plante devant lui.

— Pardonne-moi, j'ai échoué. Mais je te jure que j'ai essayé, lâche-t-il entre ses dents.

— Mais enfin, de quoi parles-tu ? demande l'esclave, interloqué.

— J'ai demandé à mon père de t'affranchir.

— Que dis-tu ?

— Écoute, c'est bien la moindre des choses qu'il puisse faire. Tu m'as sauvé la vie.

— Oh.

— Mais il ne veut rien entendre.

— Ah.

— Quand j'ai tenté de lui parler, il ne m'a même pas écouté. Dès que j'ouvrais la bouche, il attrapait un objet et le jetait rageusement sur le sol. Il a cassé trois vases et une jolie statuette représentant Aphrodite.

— Oh.

Lugos pose sa main sur l'épaule du jeune garçon dans un geste plein d'affection.

— Merci d'avoir essayé. Je t'en suis vraiment reconnaissant. Mais tu sais, je n'attends aucune récompense. J'ai agi comme je l'ai fait parce que… je te considère plus comme un frère que comme un maître…

À ces mots, les larmes montent aux yeux de Jason.

Or, juste à ce moment, Fastia, qui filait la laine sur le balcon du gynécée en compagnie de la mère de Léonce, descend lentement l'escalier de bois qui mène dans la cour. La vieille femme l'encourage d'un signe de tête, et l'esclave marche d'un pas décidé vers la cuisine. Elle en ressort quelques instants plus tard, tenant un plateau sur lequel elle a déposé une assiette pleine de gâteaux aux figues, une petite cruche et un gobelet.

Avec un calme olympien, toujours sous le regard attentif et bienveillant de sa maîtresse, elle ouvre la porte de la chambre de Léonce, sans frapper, et sans la refermer une fois qu'elle y est entrée. Jason et Lugos s'en approchent, prêts à intervenir au cas où le maître de maison se mettrait à lancer les derniers bibelots à sa portée à la tête de la jeune fille.

Mais il ne se passe rien de tel.

Ils s'approchent encore un peu, sur la pointe des pieds. Ils entendent la belle voix grave de Fastia dire avec gentillesse :

— Maître, je le comprends bien : tu es épuisé. Tu as vécu des instants si difficiles… Il te faut maintenant reprendre quelques forces.

Après un moment de silence, celle de Léonce, légèrement enrouée, répond enfin :

— Merci, Fastia.

Elle reprend :

— Mais malgré ce malheur, et même horriblement trahi par une femme que tu aimais, tu peux te réjouir, et louer les dieux que ton fils soit vivant.

— Tu dis le vrai.

Le silence est retombé. Dans la cour, on n'entend plus que le chant de quelques petits oiseaux qui se sont posés sur le toit de la maison.

— Jason est un merveilleux jeune homme. Il t'est très attaché, il t'admire. Tu peux être fier de lui, autant que tu peux compter sur lui.

— Je sais. Et tu as raison, voilà une pensée propre à me réconforter. J'irai ce matin même au temple d'Athéna. J'y déposerai une belle offrande, pour exprimer ma gratitude…

Jason et Lugos, captivés par ce qu'ils entendent, sont maintenant si près de la porte ouverte que s'il prenait à Léonce l'envie de regarder dans leur direction, il pourrait les voir.

— Cela est sage, et bel et bon, poursuit la voix de l'esclave.

— Oui.

— Mais tu pourrais peut-être aussi songer à remercier celui qui a, au moment de l'attaque, risqué sa vie pour sauver celle de Jason…

— Que veux-tu dire ?

— Eh bien, imagine que tu aies un chien. S'il avait réussi à mettre en fuite des voleurs décidés à piller ta demeure, ne lui offrirais-tu pas le plus gigantesque des os à moelle que tu pourrais trouver ?

— Si, bien sûr !

— Tu le ferais, parce que ce serait le plus beau des cadeaux à offrir à ton animal pour lui prouver ta reconnaissance, n'est-ce pas ?

— Oui…

— Et dis-moi, ton fils ne vaut-il pas infiniment plus que tous les objets de valeur contenus dans ta maison ?

Après un long moment de silence, la jeune esclave réapparaît dans la cour, les mains vides, mais un sourire aux lèvres. Elle n'a que le temps de s'avancer un peu : Léonce la rattrape.

— Fastia, attends !

Les petits oiseaux se sont tus. La vieille femme au balcon a porté ses mains à sa poitrine dans un geste ému.

— Une esclave essayerait-elle de faire comprendre quelque chose à son maître ? demande-t-il.

Le cœur de Jason bat à tout rompre. Quant à Lugos, il en oublie presque de respirer. Il ne peut détacher les yeux de sa belle, qui conclut, regardant Léonce bien en face :

— L'intelligence humaine n'est pas le propre des puissants, et le plus humble d'entre nous peut éveiller la sienne. Je ne sollicite pas ton amitié, je sais bien que ce serait folie. Je ne veux pas, non plus, faire appel à ta pitié, ni même évoquer la fierté que tu aurais d'agir comme un prince…

Le maître de maison a maintenant l'air bouleversé. Il prend soudain une grande inspiration et se tourne vers Lugos, pour poser sa main sur la tête du jeune homme. D'une voix forte et claire, il annonce :

— Toi, sans qui je pleurerais mon fils unique, je te dois plus que je ne pourrais jamais te donner. Toi qui as fait preuve de tant de courage et de tant de loyauté, toi qui es né libre, en pays celte, écoute-moi… aujourd'hui, je te rends ta liberté.

Tous les autres esclaves se sont assemblés près de la citerne, les yeux ronds. Léonce, poursuivant son idée, se dirige vers Fastia. Il prend doucement sa main, pour la glisser dans celle de Lugos.

— Cette femme sera la tienne : je sais bien que vous vous aimez. Je vais immédiatement faire chercher Delphis et Nestor : ils seront les témoins de la déclaration solennelle que je ferai afin de vous affranchir. Après quoi, vous pourrez partir. Libres.

Une fois que le maître de maison est retourné dans ses appartements, tout le monde se presse autour du couple pour le féliciter. Jason s'avance. Il essaye de garder un air martial.

— Bravo, Fastia, dit-il. Je te félicite pour le discours que tu as tenu à mon père. Tu as été là bien plus habile que moi…

— Ce n'est pas moi qu'il faut féliciter ! Rien n'aurait été possible sans toi !

— Comment ?

— Mais oui, Lugos m'a enseigné à son tour toutes les leçons d'Aristote qu'il avait découvertes à tes côtés…

Puis, se tournant vers son ancien esclave, le jeune garçon murmure :

— Oh. Comme tu vas me manquer.

— Toi aussi. Je pense que nous allons rentrer dans mon pays, mais qui sait ? Nous nous reverrons peut-être un jour. En tout cas, si j'ai un jour un fils…

Sa voix s'étrangle. Fastia termine :

— … nous l'appellerons Jason.

Et puis, les jeunes gens entreprennent de faire leurs adieux aux autres esclaves.

ANALEPSE

Quinze ans plus tôt…

L’enfant était en larmes. Sans un regard pour sa main dégoulinante de sang, elle s’était jetée sur le corps inanimé de son père. Elle avait pris la tête de l’homme sur ses genoux pour la bercer doucement, tendrement. Mais elle ne pouvait plus rien pour lui. Calliès était mort.

Peu après l’aube, alors qu’il était parti faire sa promenade quotidienne sur ses terres, elle avait réussi à s’échapper du gynécée pour le rejoindre. Il n’avait pas eu le cœur de la renvoyer à la maison. Alors qu’ils longeaient tranquillement une belle vigne, une dizaine de cavaliers avaient surgi de nulle part, lancés au grand galop et poussant des hurlements d'excitation. C'était une bande de jeunes gens qui se livraient manifestement à une course débridée. Éblouis par le soleil – ils allaient vers l'orient –, ils n'avaient même pas vu les deux silhouettes qui se détachaient à peine des plants lourds de grappes mûres. Quand les premiers les avaient dépassés dans un tourbillon, l'homme s'était penché pour prendre sa fillette dans ses bras. Mais juste à cet instant, ils avaient tous deux été percutés par l'un des chevaux et avaient roulé au sol. Les sabots du dernier de la troupe avaient piétiné le corps de Calliès.

Le reste de la matinée s'était écoulé sans qu'il ne se passe rien. L'enfant s'était endormie, la joue posée sur la poitrine immobile de son père.

Il était midi passé quand un esclave du citoyen, parti à sa recherche, avait découvert la terrible scène. Il avait délicatement pris la fillette dans ses bras pour la ramener chez elle. Quand il était arrivé à la villa et avait raconté ce qu'il avait vu, toute la maisonnée s'était mise à pleurer et à se lamenter. Mais on avait à peine regardé la petite fille. Seule une vieille servante s'était intéressée à elle : elle s'était occupée de nettoyer et de bander la plaie affreuse qui avait mutilé sa main, étonnée du courage de la petite. Elle avait eu beau interroger celle-ci, elle était restée muette. Les yeux dans le vague, elle semblait incapable de raconter ce qui s'était passé.

Lorsque le corps du défunt avait été ramené à la maison, les femmes présentes l'avaient lavé, puis massé avec des essences parfumées. Elles l'avaient revêtu de vêtements blancs. Ensuite, on l'avait exposé dans la maison, de façon que les parents et amis qui voulaient saluer la dépouille puissent le faire.

L'enterrement avait eu lieu dès le lendemain matin.

Avant même le lever du soleil, la procession funéraire s'était mise en marche, au son des flûtes.

Des pleureuses ouvraient le cortège. Elles étaient suivies par la longue file des proches et des amis de Calliès. La fillette tenait la main de sa mère, dont le regard avait perdu toute sa vivacité.

Au moment d'enterrer l'homme, on avait disposé dans sa tombe des objets qu'il aimait, de quoi manger et boire durant le voyage qui le mènerait dans l'au-delà. Son âme n'allait-elle pas tarder à se mettre en chemin vers le royaume souterrain qui accueillait les trépassés ? Hermès lui servirait bientôt de guide, le menant jusqu'à une porte des Enfers, le Styx, sans doute. Là, il devrait donner une obole pour traverser le cours d'eau sur la barque du passeur Charon. Une fois arrivé, il serait jugé.

L'enfant s'était consolée en se disant que, comme c'était un homme exceptionnellement bon et pieux, il rejoindrait certainement les champs Élysées, cet endroit merveilleux où régnaient la paix et l'harmonie. Dans l'au-delà, la majorité des âmes erraient dans un endroit triste et gris, et ceux qui avaient déplu aux dieux étaient envoyés vers le Tartare, où ils subissaient un châtiment éternel.

Quelques jours après l'enterrement de son mari, la femme de Calliès, folle de douleur, avait dû épouser le frère de celui-ci, afin que le domaine puisse être administré. Mais elle avait été si choquée qu'elle n'avait jamais vraiment retrouvé sa raison. L'oncle de l'enfant, qui était restée muette depuis l'accident, avait décidé de la confier à une communauté de prêtresses de Némésis. Elle les avait rejointes sans dire un mot.

Nul ne se doutait que, derrière son regard vide, elle voyait toujours le groupe de cavaliers s'éloigner en hurlant, ventre à terre. Elle avait eu le temps de reconnaître la bête qui avait piétiné son père : un splendide étalon noir, comme on en voit peu. Elle savait à qui il appartenait, et dès cet instant,

Astréa avait juré de se venger de Léonce, celui qui était la cause de son malheur.

Elle l'avait juré, et sur ce qu'elle avait de plus cher : la ceinture de fils de laine pourpre qui avait appartenu à son père adoré.

À LA DÉCOUVERTE DE LA GRÈCE

CHRONOLOGIE

Mésopotamie
IVe millénaire avant J.-C.

Égypte ancienne
XXXIe siècle avant J.-C.

Civilisations de l'Inde ancienne
XXVe siècle avant J.-C.

Crétois et Mycéniens
XXIIe siècle avant J.-C.

Premières civilisations amérindiennes
XIXe siècle avant J.-C.

Babylone
XVIIIe siècle avant J.-C.

Chine avant l'Empire
XVe siècle avant J.-C.

Du judaïsme au christianisme
Xe siècle avant J.-C

Phéniciens
Xe siècle avant J.-C.

Carthage
IXe siècle avant J.-C.

Rome, de la République à l'Empire
VIIIe siècle avant J.-C.

Celtes et Gaulois
VIIIe siècle avant J.-C.

Cités grecques
VIIIe siècle avant J.-C.

Étrusques
VIIe siècle avant J.-C.

Afrique des premières civilisations
IVe siècle avant J.-C.

Perses
IVe siècle avant J.-C.

Chine impériale
IIIe siècle avant J.-C.

Rome sous l'Empire
Ier siècle après J.-C.

Empire byzantin
IVe siècle

Japon ancien
Ve siècle

Rome et les Barbares
Ve siècle

Empire musulman
VIIe siècle

Vikings
VIIIe siècle

Afrique des empires
XIe siècle

Civilisations océaniennes
XIIe siècle

Incas
XIIe siècle

Empire ottoman
XIIIe siècle

Mongols
XIIIe siècle

Aztèques
XIVe siècle

Inde des Moghols
XVIe siècle

La date retenue pour chacune des civilisations évoquées est celle de son apparition dans l'histoire.

CRÉTOIS ET MYCÉNIENS

À partir de 2200 avant J.-C., la Crète, habitée par les Minoens, devient le centre d'un vaste empire en Méditerranée. Ce dernier est dirigé depuis plusieurs palais, dont celui de Cnossos. Après l'effondrement de cet empire, le contrôle de la mer Égée passe aux Mycéniens, société plus guerrière et hiérarchisée.

Cnossos et le Labyrinthe

Le plan complexe du palais de Cnossos serait à l'origine de la légende du Labyrinthe : le roi Minos aurait commandé un labyrinthe à l'architecte Dédale, avant de l'y enfermer avec son fils Icare. Ils s'en seraient échappés au moyen d'ailes confectionnées avec des plumes collées à la cire. Celle-ci aurait fondu lorsque Icare se serait trop approché du soleil, provoquant sa chute mortelle.

L'énigme du Linéaire A

Les Crétois écrivaient sur des tablettes, d'abord avec des hiéroglyphes, puis avec des signes simplifiés, dits « linéaires ». Le linéaire A des Minoens n'a pas encore été déchiffré, contrairement au linéaire B qu'utilisaient les Mycéniens, après avoir conquis la Crète.

- Où ? Crète et Grèce.
- Quand ? XXIIe-XIIe siècle avant J.-C.

Un volcan tueur de civilisation ?

Parmi les raisons qui ont été avancées pour expliquer la chute des palais minoens, on évoque notamment l'éruption, vers 1600 avant J.-C., du volcan de Santorin, une île située au nord de la Crète. Mais cette hypothèse n'est guère crédible car les palais détruits ont été rebâtis à plusieurs reprises, même après ce cataclysme.

Mycènes « riche en or »

Cette ville est le royaume d'Agamemnon, le héros d'Homère. Mycènes était le centre d'une brillante civilisation. On y entrait par une porte ornée de deux lionnes. Ses murs étaient qualifiés de cyclopéens en raison de leurs énormes pierres, qui semblaient avoir été élevées par les Cyclopes, géants mythiques. Dans un tombeau, on a cru retrouver le masque d'or qui couvrait le visage d'Agamemnon. Mais on n'est même pas sûr que celui-ci ait vraiment existé.

La guerre de Troie a-t-elle eu lieu ?

La belle Hélène, Achille et Hector n'ont peut-être pas existé, mais la destruction de Troie par le feu, au XIIe siècle avant J.-C., a, elle, été confirmée par l'archéologie. Peut-être cette cité faisait-elle concurrence aux Mycéniens pour le contrôle de la mer Égée.

LES CITÉS GRECQUES

À partir du VIIIe siècle avant J.-C, la Grèce se couvre de cités-États indépendantes. Deux d'entre elles, Athènes puis Sparte, imposent à une partie de la Grèce leur domination.

De la monarchie à la démocratie

Dans bien des cités grecques, à la monarchie succèdent en général l'aristocratie (gouvernement des gens « bien nés »), à l'oligarchie (gouvernement d'un petit nombre) ou à la tyrannie (pouvoir d'un seul), comme celle de Pisistrate à Athènes. La démocratie (pouvoir du peuple) n'est souvent advenue qu'ensuite et dans une proportion très réduite : sur 400 000 habitants d'Athènes, seuls 40 000 sont citoyens, pour 80 000 métèques (Grecs d'autres cités) et 280 000 esclaves.

- Où ? Grèce.
- Quand ? VIIIe-IVe siècle avant J.-C.

Acropole et agora

L'acropole, qui veut dire « ville haute », servait de dernier refuge en cas d'attaque et accueillait les temples des principaux dieux de la ville. L'agora était le cœur de la cité. Cette place concentrait la plupart des institutions politiques, ainsi que des temples et les monuments dédiés aux héros de la cité. Pour les Grecs, les Barbares étaient des non-civilisés, car ils n'avaient pas d'agora.

L'hoplite, citoyen en armes

À Athènes, la citoyenneté n'est accordée qu'après un service militaire de deux ans. Les luttes incessantes entre cités grecques, mises en suspens le temps de repousser l'invasion perse à Marathon et Salamine, reprennent ensuite. Dans la phalange (la formation de combat des soldats grecs), le citoyen-soldat, l'hoplite, doit tenir la ligne, afin de protéger de son bouclier la moitié de son corps et de celui de son voisin : il apprend ainsi le sens de la solidarité et de l'égalité.

La fin de la cité grecque

En 338 avant J.-C., Philippe II, roi de Macédoine, triomphe des Thébains et des Athéniens à la bataille de Chéronée et impose sa domination à toute la Grèce.

Périclès l'Athénien

Périclès est l'homme politique le plus célèbre d'Athènes. Élu presque constamment stratège (magistrature militaire annuelle), à la tête de la cité, de 443 à 431, il meurt de la peste en 429 avant J.-C., au début de la guerre du Péloponnèse, qui verra Athènes tomber sous le joug de Sparte.

DIEUX ET HÉROS GRECS

Les dieux grecs avaient un physique et des comportements très proches des hommes. Parmi les héros grecs (en général des demi-dieux), les plus populaires étaient Jason, Thésée, Héraclès et Persée.

L'Olympe, demeure des dieux

Les Grecs croyaient que les dieux vivaient sur une montagne située au nord de leur pays, l'Olympe, et qu'ils étaient douze : six dieux et six déesses. Zeus, le roi des dieux, commandait à la foudre. Apollon était adoré à Delphes, dans un sanctuaire commun, où ses prêtres interprétaient les propos incohérents de la pythie, femme oracle que tous venaient consulter. Extrêmement populaire en Grèce, Dionysos était le dieu de la vigne, du vin et de l'ivresse, mais aussi du théâtre.

Thésée et le Minotaure

D'après la légende, après avoir tué le monstre à tête de taureau enfermé dans le Labyrinthe, Thésée devint roi d'Athènes. À travers lui, on comprend l'histoire de la cité athénienne : rivalité avec la Crète et unification de l'Attique, la région d'Athènes.

Des héros malheureux

C'est dans la famille d'Atrée, les Atrides, que s'accumulent les tragédies les plus terribles de la mythologie grecque. Les fils d'Atrée sont Ménélas et Agamemnon, qui partent en guerre contre Troie après l'enlèvement de la femme de Ménélas, Hélène, par le fils du roi de cette ville, Pâris. Œdipe, lui, incarne la fatalité de la nature humaine. Bien qu'ayant libéré Thèbes du sphinx, il n'échappe pas à la prédiction qui lui avait annoncé qu'il tuerait son père et épouserait sa mère.

Le berceau de la philosophie

Dès le VIe siècle avant J.-C., les philosophes se moquent de la crédulité de leurs compatriotes et cherchent à expliquer le monde par lui-même, parfois à leurs risques et périls. C'est en Grèce qu'apparaissent les premiers physiciens, qui interprètent le monde, non par les mythes, mais d'après la nature. Puis, aux Ve et IVe siècles, à Athènes, des philosophes se distinguent : Socrate, qui encourage à douter de tout, Platon, qui sépare le monde des idées du monde réel, et Aristote, qui entreprend de classer le savoir universel.

LES GRECS ET LE MONDE

Les Grecs étaient de hardis navigateurs, qui ont fondé des colonies tout autour de la Méditerranée et même au-delà. Sous la conduite d'Alexandre de Macédoine, ils conquirent ensuite tout l'Orient jusqu'à l'Inde.

- Où ? Grèce, Méditerranée et Asie.
- Quand ? VIIIe-Ier siècle avant J.-C.

Les colonies grecques

C'est pour trouver de nouveaux produits commerciaux et des terres à cultiver que bien des Grecs se lancèrent à travers la Méditerranée. Ils fondèrent Marseille en 600 avant J.-C. et s'implantèrent dans le sud de l'Italie, qu'ils appelèrent Grande-Grèce. Mais ils s'y heurtèrent aux Étrusques et aux Phéniciens, qui leur firent concurrence.

Les jeux Olympiques

Tous les quatre ans, les athlètes grecs se rassemblaient à Olympie pour une semaine de jeux et de concours. Durant ce temps, les cités qui étaient par ailleurs en guerre entre elles respectaient une trêve sacrée. La plupart des épreuves avaient lieu dans un grand stade olympique. Les athlètes s'affrontaient à travers plusieurs épreuves : la lutte, la course, le saut en longueur, le lancer du disque et le javelot. Les femmes n'avaient pas le droit d'assister aux Jeux, et toute infraction pouvait être punie de mort.

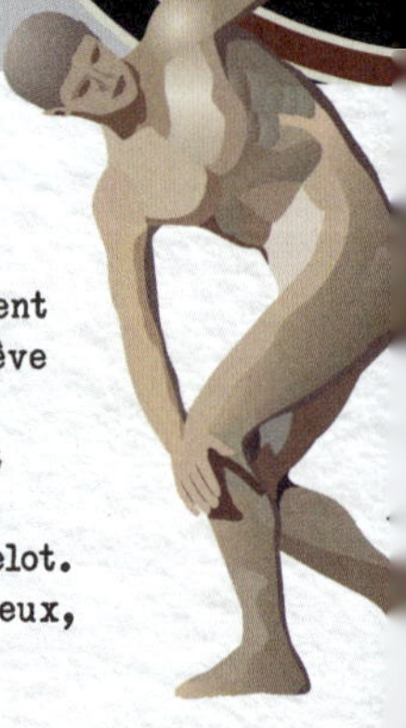

Alexandre, conquérant du monde

Alexandre le Grand, fils de Philippe de Macédoine, est le plus grand conquérant de l'histoire. Après avoir soumis tout l'Empire perse, il mène ses soldats jusqu'aux portes de l'Inde où, épuisés, ils refusent d'aller plus loin. À sa mort, à seulement 32 ans, en 323 avant J.-C., il a créé un empire immense.

Alexandre et Bucéphale

Alexandre a été éduqué par un célèbre philosophe, Aristote. Enfant, Alexandre dompte un cheval sauvage, Bucéphale. Tous deux seront inséparables pendant toutes les conquêtes d'Alexandre, jusqu'à la mort de l'animal lors d'une bataille. Alexandre honore alors sa mémoire en fondant une ville à son nom, Bucéphalie.

Les Alexandries

Alexandre aurait fondé 70 villes. Alexandrie d'Égypte est la plus célèbre, notamment en raison du phare, le signal qui guidait les navigateurs vers elle (son nom vient de l'île de Pharos, où il fut construit) : c'était l'une des Sept Merveilles du monde antique.

LES ÉTRUSQUES

La civilisation étrusque s'est développée en Étrurie, dans le centre de l'Italie. Bien que vaincus par Rome, les Étrusques exercèrent une grande influence sur la culture et la religion romaines.

Des confédérations de cités

Il n'y a jamais eu véritablement d'empire étrusque : à l'apogée de cette civilisation, au VIe siècle avant J.-C., on ne recensait que 3 confédérations de 12 cités étrusques. Lorsque les Étrusques subirent l'invasion des Gaulois par le Nord et des Romains par le Sud, au IIIe siècle, leurs villes disparurent. Malgré tout, l'art étrusque continua d'imprégner la culture romaine pendant des siècles.

Des citadins

La civilisation étrusque était citadine. La plupart des vieilles villes étrusques furent construites selon des axes perpendiculaires et nichées dans des lieux escarpés. La menace gauloise incita les Étrusques à entourer leurs villes d'imposantes fortifications, afin de les protéger. Au début, toutes les villes étaient gouvernées par des rois, puis ces derniers furent remplacés par des nobles qui se partagèrent le pouvoir.

Les villes des morts

Les tombeaux des Étrusques, qui se comptaient par milliers, ont mieux résisté que leurs habitations. Les tumulus, constructions rondes qui pouvaient atteindre 50 m de diamètre, abritaient des chambres funéraires souterraines. On y a trouvé des sarcophages et, surtout, des objets de la vie quotidienne dont était entouré le défunt.

Une langue mystérieuse

La langue étrusque a été parlée jusqu'au début de l'ère chrétienne. Grâce aux inscriptions retrouvées sur des tombes, les historiens ont réussi à identifier l'alphabet étrusque et le sens de quelques mots. Pour autant, on ne comprend toujours pas la langue étrusque à ce jour, et on ne sait pas d'où elle vient...

- Où ? Italie.
- Quand ? VIIe-IIIe siècle avant J.-C.

Les Enfers des Étrusques

La vision étrusque des Enfers était, semble-t-il, très influencée par la mythologie grecque : on y trouve Hadès, sous le nom d'Aïta, roi des Enfers, coiffé d'une tête de loup ; Perséphone (Phersipnaï), reine infernale ; Charun, dont le nom évoque celui du fameux Charon, mais qui est ici un démon horrible, muni d'un maillet pour asséner le coup de grâce aux trépassés.

CELTES ET GAULOIS

À partir du VIIIe siècle avant J.-C. se développe, au cœur de l'Europe, la civilisation celtique, qui se caractérise notamment par la qualité de son travail du métal (bronze et fer) et par ses techniques agricoles. À son apogée, cette civilisation s'étend de l'Irlande à l'Asie Mineure et de l'Espagne à la Pologne.

Celtes ou Gaulois ?

Les deux termes, grec (*Keltoi*) et latin (*Galli*), sont synonymes. On a utilisé le terme de « Gaulois » pour désigner les Celtes que les Romains avaient combattus en Italie du Nord, puis en Gaule.

Les druides

Les cueilleurs de gui que l'on voit dans les histoires d'Astérix étaient des personnages très importants du monde celtique, car ils étaient à la fois juges, professeurs et prêtres. Les Romains ne s'y trompèrent pas et les pourchassèrent impitoyablement afin de réduire leur influence. Les dieux celtiques s'incarnaient dans les forces de la nature. Les plus célèbres étaient Epona, Taranis, Teutatès (dieu du tonnerre) et Sucellus (le dieu au maillet).

Drôles de mœurs !

Les Celtes recueillaient les cendres de leurs morts dans des urnes qu'ils regroupaient et enterraient dans des champs. Les Gaulois, féroces guerriers, avaient pour habitude, selon certains textes anciens, de trancher la tête de leurs ennemis, une fois ces derniers vaincus, pour l'exposer à l'entrée de leur maison !